王弟殿下の甘い執愛

～恋の匂いに発情中♥～

月城うさぎ

Vanilla文庫

Contents

王弟殿下の甘い執愛

恋の匂いに発情中♥

イラスト／白崎小夜

第一章

ジゼル・エヴェリーナ・ベルモンドは困惑していた。

パイプオルガンの音色が歴史の古い大聖堂に響く。参列者の視線を一身に集めながら、ジゼルは今にも気絶しそうな心境で、ゆっくり歩みを進めた。

王家に縁のある者にしか使用されない大聖堂を、貴族とはいえ伯爵家の娘が歩くだけでも畏《おそ》れ多い。緊張のあまり足がもつれそうだ。

ずっしりと重い豪奢《ごうしゃ》なドレスは、気品を感じさせる薄い紫色。稀少《きしょう》な宝石が贅沢《ぜいたく》に縫い付けられており、汚したり傷をつけたりしないかひやひやする。ジゼルの髪や瞳の色とも違うドレスの色は、隣を歩く男の瞳に合わせていた。あなたの色に染まります、という女性の意思表示だと思うと、気恥ずかしさが増してしまう。

薄いベールの下から、ジゼルは隣の男をちらりと見上げた。

眩《まばゆ》い金髪、アメジストの瞳。高貴な身分に相応《ふさわ》しい容姿に、身長はジゼルより頭ひとつ分以上高い。微笑を浮かべながら荘厳な大聖堂を堂々と進んでいる。その美貌たるや、並の女性では霞《かす》んでしまうほどの存在感を放っていた。感嘆の吐息が方々から漏れている。

ジゼルは自分に歩調を合わせる男を伺いながら、何度目になるかわからない呟《つぶや》きを心の中でこぼす。

——私、なんでこんなことになったのかしら……。

遠い目をする少女の腰は、万が一にも逃がさないという男の執念が表れているかのように、がっしりと摑《つか》まれていた。この状況で逃げ出せるほど、ジゼルに度胸はない。

傍《はた》から見れば、寄り添う姿が仲睦《なかむつ》まじい男女だと思われるだろうが、誤解である。

完璧なエスコートをされ、つつがなくすべてが終わった頃。ジゼルの神経は極限まですり減っていた。まったくどうして、自分はここにいるのだろう。

この日、ベルモンド伯爵家の末娘と王弟殿下の婚約式が無事に執り行われたと、国中が知ることとなった。

◆◇◆

ベルモンド家の第三子、ジゼルは平凡な少女だ。

一芸に秀でた者を多く輩出《はいしゅつ》してきたベルモンド家の中でも、特別な技があるわけでも、周囲の目を惹《ひ》く美貌があるわけでもない。伯爵家嫡男のマルクスのように、人々を陶酔《とうすい》させられる音楽を演奏することもできなければ、侯爵家に嫁《とつ》いだ姉イルマのように、優れた色彩感覚を買われ、王族お抱えの宝石意匠《いしょう》に携わる才能もない。

また、人目を惹く華やかさも兄姉が持って行ってしまった。個性の強いベルモンド家の中で、ジゼルはいたって平凡で地味と評されていた。

もしも、亡き母親の美しい銀色の髪をジゼルも引き継いでいたなら、顔の造りが多少大人しくても、華やかな印象になっただろう。しかしジゼルの髪は父親そっくりの鴉《からす》の濡《ぬ》れ羽《ば》色だ。

明るい髪色が美人の証《あかし》と好まれるルランターナ王国では、金色の髪が富と美の象徴であり、暗色の髪色は地味だとたびたび蔑《さげす》まれることもある。

唯一ジゼルが好きなのは、エメラルドグリーンの瞳の色。瞳の色だけは兄姉共通だ。それ以外はまったく似ていない。

美も才能も、兄姉の陰に隠れてしまうジゼルのことを、周囲は密《ひそ》かに〝出がらし〟令嬢と呼んでいた。お茶を好む国民故《ゆえ》の表現法だ。

そのような言われ方にジゼルは劣等感を抱いているわけでもなく、兄姉とも仲がいい。

たとえあまり容姿や芸術的な感性に恵まれなくても、美しい芸術品を見るのは好きだし、人より少し優れている耳もある。音楽を聴けば微妙な音程の違いがわかり、遠くでコインを落とした音だけで金、銀、銅の違いも聞きわけられるのだ。

ささやかな特技が大して役に立たないことを理解している。ジゼルは己を平凡で大した特技もないベルモンド家の第三子で間違いないと思っていた。

悲嘆に暮れることもなく、ジゼルは適材適所というものを利用し、ベルモンド家の血筋らしく好きなだけ美しいものを鑑賞できたら幸せだ。

そんなジゼルは、昨年社交界デビューは果たしたが婚約者はなし。ルランターナは貴族も平民も恋愛を楽しむ傾向が強い国民性だが、ジゼルは年頃の少女のように恋をするより絵画や骨董品《こっとうひん》、美しい音色を奏《かな》でる楽器に囲まれた生活が好きだ。

そのうち父親がそこそこ平凡で自分にちょうどいい男との縁談を持ってくるまで、のんびり悠々自適《ゆうゆうじてき》に今を楽しもうと思っていたのだが……、齢《よわい》十八にして、人生の選択を誤ったのではないかと思い始めていた。

「いいえ、確実に誤ってしまったと思うのよ……」

牧歌的な伯爵領で自由に過ごしていた生活から一変。

現在ジゼルは王城に見劣りしないであろう、広大な城の一室に滞在させられている。

王都の隣に位置する、レオンカヴァルロ公爵領のアザレア城——豊かに咲く色とりどりのアザレアが美しいため、いつしかそう呼ばれるようになったと聞いたのは、ジゼルがこの城に連れて来られてすぐのこと。

自室の倍以上の広さの部屋は、少女趣味だが品のいい調度品で揃《そろ》えられており可愛《かわい》らしい。壁紙は淡いクリーム色で、白を基調とした調度品は、緩やかな曲線が女性らしい柔らかな美を表している。

天鵞絨《ビロード》の長椅子には繊細な刺繍《ししゅう》が施されたクッションが置いてある。目に入るすべてのものが芸術品のように美しく、職人の拘《こだわ》りを感じさせた。

よくぞこの短期間に揃えたな……と感心するが、この城の主《あるじ》なら国内外の価値ある美術品を蒐集《しゅうしゅう》しても、公爵家の財政が傾くことはないだろう。

「長い一日だったわ……」

この日、ジゼルは婚約式を行った。

人生ではじめての経験に喜ぶよりも、極度の緊張から催《もよお》す吐き気と悪寒《おかん》に耐え続けた。美貌の婚約者の煌《きら》びやかな笑顔を直視しないよう気をつけ、ようやく一日が終えようとしていた。

湯浴《ゆあ》みを終えて、レースとフリルをふんだんにあしらったネグリジェを身に着けている。

給仕係の侍女は退室させ、長椅子に座りながらひとりで薬草茶を飲んでいた。

薬草茶は、心を落ち着かせる効能と、美肌効果もあるらしい。公爵家の侍女に推薦され、恐る恐る試してみたが、とても飲みやすくておいしい。香りも味も、ほのかに甘味《あまみ》がありじんわりと身体の中から温めてくれるようだ。

「はあ、お茶がおいしい……。このままもう眠りたいわ……」

適度に柔らかい長椅子は座り心地も抜群だ。繊細な刺繍が美しいクッションを抱き寄せ、眠りたくなる。

身体が長椅子に深く沈みそうになる寸前、ジゼルの耳が扉の外から聞こえる足音を拾った。神経が扉の外に集中する。

ぬるくなった薬草茶を半分ほど啜《すす》り、ジゼルは耳を澄ませた。

誰かが部屋の前を通り過ぎる。足音の速さからして女性のものだ。近づいては遠ざかったので、自分には用がないのだろう。

それから間もなくして、ゆったりとした歩き方の足音が近づいてきた。極力足音を立てないように訓練でも受けているのだろうが、どことなく優雅さが滲《にじ》み出ているようにも聞こえる。そんな風に歩く人物を、ジゼルはひとりしか知らない。

予想通り、扉の前で足音がぴたりと止まった。コンコンと扉を叩《たた》く音がする。中にいるジゼルを驚かせないための配慮だろう。

しかしこちらが応える前に扉が開いた。配慮はしても了承を得るつもりはないらしい。

——まあ、ここの主なのだから、私の返事を聞く必要もないわよね。

先ほどまで自分の隣を歩いていた男が、眩い笑みを浮かべて声をかけた。

「やあ、ジゼル」

「……シルヴィオ殿下」

「ああ、そのままでいい。座って」

立ち上がろうとしたジゼルを制し、彼はにこやかに近づく。

アザレア城の主、シルヴィオ・エミリアーノ・レオンカヴァルロ。

ルランターナ王国の王弟であり、レオンカヴァルロ公爵位を継承している。年はジゼルより十四歳も年上の三十二歳だ。

国中の令嬢の憧れであり、一夜の夢を見させてほしいと懇願する貴族令嬢が後を絶たないほどの色男だ。社交界では常に噂《うわさ》の的であり、数々の浮名を流してきたとも言われているが、意外なことに婚約者がいたことは一度もないらしい。

　本気の恋はしないのだと宣言していた男が、とある令嬢を見初《みそ》め、短期間で婚約にまで至った。今社交界で最も熱い話題である。しかもその幸運な令嬢というのが、地味で目立たないベルモンド伯爵家の出がらし令嬢だ。注目を浴びるのも致し方ないが……ジゼルはいろいろと早まったとしか言いようがない。

「今日は疲れただろう」

「あ……はい、少々疲れました」

　朝早くから支度をさせられ、盛大な婚約式を終えた後の晩餐会《ばんさんかい》に参加し、ようやく帰れるかと思いきや。いつ決まったのか、今日からこの城がジゼルの家だと告げられた。すでにジゼルの父、ベルモンド伯爵にも了承済みである。

　身ひとつで滞在を余儀なくされ、混乱の中疲労感に襲われても仕方ない。

　素直に疲れたと認めたジゼルを、シルヴィオは甘く見つめてくる。

　ルランターナ国王の精悍《せいかん》で屈強な見た目と違い、シルヴィオは端整で甘い顔立ちをしている。均整の取れた体軀《たいく》は国王と並ぶと細身だが、母親譲りの美貌に柔らかな微笑は女性を一目で虜《とりこ》にするほど麗《うるわ》しい。

　優雅に近づいてくるシルヴィオの姿を見て、彼もまた湯浴みを終えたのだろうと推測した。夜も深い時間なのに、彼の顔に疲れは浮かんでいない。人前に立たざるを得ない人は、隙を見せないものなのだろうか。

「疲れているのに待たせて悪かったね」

「いえ……」

――大丈夫です、待っておりません。

「ひとりで寂しくなかったか？」

――できればもう少し長くひとりの時間を味わいたかったです。あとほんの数ヶ月くらい。

……とは声に出せないので、ジゼルは小さく「大丈夫です」と答えた。もしなにか困った質問をされたら、小首でも傾《かし》げておこう。確かイルマが、困ったときは殿方に小首を傾げて微笑《ほほえ》んでいればいいのよ、と言っていた気がする。

「私のことはお気になさらず。殿下もお茶いかがですか？」

ジゼルはたっぷりとお湯の用意をしてくれた侍女に感謝し、とりあえず自分が飲んでいる薬草茶を勧めてみた。なにかを飲まないと間が持たないからである。

「ジゼルが淹《い》れてくれるお茶ならいくらでもいただこう」

ジゼルの向かい側の椅子に座るのかと思いきや、彼はジゼルが座る長椅子の隣に腰を下ろした。距離感ゼロの積極性に、ジゼルの蚤《のみ》のような心臓が一瞬ですくんでしまう。

「……っ、かしこまりました」

甘く見つめてくる眼差《まなざ》しの奥に、言葉にできない熱を感じ取る。それを向けられているのが自分だという事実を、ジゼルはまだ受け入れられない。

王家に遺伝するアメジストの瞳で見つめられれば、失態は犯せない。緊張から手が震えそうだが、自分用に淹れたのと同様にカップへお茶を注いだ。

「いい香りがするね」

「はい、女性に人気の薬草茶だそうです」

肩と肩が触れ合いそうなほど近くで、シルヴィオの声が届く。鼓膜を震わせる魔性の美声は、必要以上にジゼルを緊張させた。

「うん、おいしい」

「……っ！　よかったです」

――うう、いちいち声が腰に響く……！

低すぎず高すぎない、耳触《みみざわ》りのいい美声。とろりと脳髄《のうずい》を溶かされてしまうような、天鵞絨に似た滑らかな声だ。

何故《なぜ》だか腰がそわそわして落ち着かなくなる。耳のいい人間にとって、好みの美声というのは毒にもなり得るのかもしれない。

かちゃん、と陶器が擦れる音が小さく響いた。ティーカップをソーサーに置いたのを見て、もうお茶を飲み干してしまったのだと気づく。

ジゼルはこの後の展開が想像もつかない。もう一杯お茶を勧めるべくシルヴィオの顔を見上げた。

「あの、殿下」

「ねえジゼル、私のことを他人行儀に呼ぶのはやめないか」

「え？」

「あなたは私の婚約者だろう？」

すかさず手を取られ、指先に口づけられた。

触れるだけならまだしも、生々しく湿った感触を感じ取る。リップ音が響き、唇を離したシルヴィオからは、妖《あや》しい色香がこれでもかと振りまかれていた。彼の色香に色がついていたなら、きっと薄桃色に煽情《せんじよう》的な紫色が混ざった色合いだろう。霧のようにふわりと舞っているのを想像し、ジゼルは思わず吸い込むものかと息を止めた。

「……っ！」

唇を真一文字に引き結ぶジゼルの様子を見ても、シルヴィオは繋《つな》いだ手を離さない。むしろさらにギュッと手の中に包み込んでしまう。じんわりとした温かな体温が伝わるが、ジゼルの手足は冷えていく。

心臓の鼓動がバクバクと激しい。自分の顔が赤いのか青いのかもわからない。

「あの、あの……！」

耐えきれずにようやく振り絞った声は、情けなくも掠《かす》れていた。

「なにか？」

「私、……シルヴィオ様は、形ばかりの結婚を望まれているのだと思っていたのですが、違うのでしょうか」

「形ばかりというのは、私はあなたがちょうどいい人材だったから、婚約者に選んだと思われているということか」

まったくもってその通りである。

兄に連れられて王家主催の舞踏会に参加し、未婚の男女が歓談を楽しんでいる間、ジゼルは滅多《めった》に見られない美術品の数々に魅入られていた。その様子に興味を抱いて声をかけてきた人物がシルヴィオだったのだ。とは言っても、そのときジゼルは相手が誰だったのかわからなかったが。何故ならその夜は仮面舞踏会——参加者は全員顔を隠す仮面をつけるのが服装規定《ドレスコード》だったのだ。

名前も知らなかった人物がレオンカヴァルロ公爵だと知り、再会したとき。彼は『君が望むなら、好きなだけ閲覧規制のある国宝級の美術品を見せてあげようか？』とジゼルを誘惑してきた。

ジゼルは芸術の才能はなくても、美術品に目がない。当然その魅力的な誘いに抗《あらが》えるはずもなく、目を輝かせた。ベルモンド家に流れる血を強く自覚した瞬間でもあった。

だが、うまい話には裏があるという言葉を失念していたらしい。

おいしい餌《えさ》に食いついてしまった後、見返りが自分の人生だったと気づいたときには手遅れだった。周囲から固められ、父親へ縁談の話も通ってしまっていたのだ。

そもそも相手が高位貴族であり王族ならば、伯爵家が逆らえるはずもない。ジゼルに好きな男性がいたら少しは抵抗の余地もあったかもしれないが、それすらなかったのだ。断ることなどできるはずがなかった。

これはあれだ、弟君の縁談に頭を悩ませていた国王《あに》からの圧力に耐えられなくなり、一番無害そうな自分を選んだだけに違いない。

地味で目立たないからこそ扱いやすいということもある。特に、他の貴族令嬢と比べて自己主張が激しくないところなど、都合がいいのだろう。ベルモンド家の血筋は一芸に秀でて変わり者が多いが、裏を返せば各々が没頭できるものを与えていれば御しやすい。

芸術家肌らしく好きなものをとことん追求するため、出来上がる作品も素晴らしいが、他の関心が薄いのだ。権力にも興味がなく、長年中立の立場を貫いている。

シルヴィオが自分を選んだのは無害で扱いやすそうだから、餌を与えておく代わりに夫のすることには口を出させない。求められているのは仮面の夫婦を演じること――そう理解していたのだが……なにやら認識にずれがあるらしい。

ジゼルの表情からすべてを読み取ったのだろう。シルヴィオが一層笑みを深めた。察しが良すぎると隠し事もできなくて困る。

ジゼルは己の失言を悟り、腰を浮かせて逃げようとするが、すぐさまシルヴィオの腕が伸びて来る。

そのまま腰を引き寄せられ、ジゼルの身体はすっぽりとシルヴィオに抱きしめられてしまった。

「こ、これは不適切な距離では……」

「婚約者を抱きしめるのが不適切だなんてはじめて知ったな」

「あの、その婚約者というのも、殿下……」

不自然にジゼルは言葉を切った。「ん？」と呟かれながら顔を覗《のぞ》き込まれたため、言葉が続かなかったのだ。

慌てて「シルヴィオ様」と言い直す。少しだけ彼の顔は離れたが、身体は密着しているままだ。

「その、シルヴィオ様はつまり、扱いやすそうだから私に縁談を申し込んだわけではない、ということですか」

「あなたは大人しそうに見えるけど、案外言いにくいことも正直に言うな。そういうところも気に入っているが」

指先でスッと頰《ほお》の輪郭を撫《な》でられた。ぞわぞわした悪寒のような震えが背筋を駆ける。至近距離から漏れる吐息が艶《なま》めかしい。何故だか熱を帯びているようなシルヴィオの呼気を感じ、ジゼルの警戒心が高まってしまう。

「ああ……あなたの匂いはたまらないな……」

——ん？　今なんて……？

独り言のように紡がれた台詞《せりふ》は、聞き間違えだろうか。

湯浴みを終えて、まだ少し湿っているジゼルの黒髪を、シルヴィオの手が撫でる。艶《つや》やかな髪の感触を確かめるようにゆっくりと。

少し乱れた呼吸音が気になるが、落ち着かせるように頭を撫でる手に意識が持って行かれた。

ふいに撫でる手が止まり、顔を上げたジゼルはじっと自分を見下ろす彼を見つめ返した。

「私は、結婚するならあなたがいいと思ったから、少々強引な手を使ってまで縁談を申し込んだんだ」

「え？」

「周囲がなにを吹き込んだのかは想像がつくけれど、私の言葉が真実だ。ジゼルの傍《そば》にいると、こんなにも高揚した気分になる。ずっと見つめていたいし、こうやって存在を確かめていたい」

「あの、でも、まだ出会って間もないですし」

「恋に落ちるのに時間はかからない」

「恋……」

「そうだ。私はあなたに一目ぼれをしたんだ。そういう現象があるというのは知識としては知っていたが、まさか自分に起こるとは思わなかったよ。一生独身でいいと思っていたのに、一瞬で自分の考えを覆《くつがえ》させられる存在がジゼルだ」

――さすがに思い違いでは……。

一目ぼれなどしたこともされたこともないし、想像がつかない。

数々の浮名を流してきた王弟殿下が、自分のような平凡な娘に惚《ほ》れるなど、どうも信じられない。年齢だって十四も離れている。女性らしく肉感的な身体をしているわけでも、華やかな美貌を持っているわけでもないのに。

——一目ぼれされることは多そうよね。

女性を虜にさせる微笑は彼の武器でもあるが、その分厄介ごとも多く舞い込んでくるだろう。国王陛下はいい加減弟君が苦労するのを見かねていたのかもしれない。

「まだあなたの心が私に向いていないのはわかっている。なにせ私の気持ちも伝わっていなかったんだから仕方ない。……でも問題ない」

声に潜《ひそ》んだ不穏な気配を感じ、ジゼルは僅《わず》かにたじろいだ。

なにを言い出すのかわからず、内心身構えてしまう。

びくびくするのを気づかれないように黙っていると、シルヴィオは極上の微笑をジゼルに見せた。

甘い蜜のような声で、ジゼルに命じる。

「半年後の婚姻式までに、あなたが私に恋をすればいい」

「………え？」

「私たちは正式に婚約した。私はジゼルが好きだが、ジゼルはまだその気持ちを返せるほど私を知らない。ならば実際に夫婦になるまでに、あなたが私を深く知り、恋をしたらいい」

「ま、まさかそのために、私を強引にシルヴィオ様の城に住まわせるようにしたんですか」

「もちろんだ。婚約したのに離れ離れに住むなんて耐えがたい」

――なんて人なの……。

おかしいと思ったのだ。婚約式を終えた後に、相手の家に住まなければいけないなんて聞いたことがなかった。

王族関係者は作法が違うのかもしれないと納得させていたが、単純にシルヴィオが無理を通しただけだった。

なにも知らされていなかったジゼルは、婚約式の後、ベルモンドの屋敷に帰るつもりでいた。私物を一切持ち込んできていないのだ。もちろんジゼル付きの侍女や家族にも挨拶《あいさつ》ができていない。

「一応お聞きしますが、私が望めばベルモンド領に帰らせてもらえるんですか」

「いいよ、でも数日以内に戻ってきてもらうけどね」

――戻るのは実家であってここではないのだけど……。

まだ正式に嫁いだわけではないのだから。

いろいろと性急すぎて、ジゼルは深々と溜息《ためいき》を吐きたくなった。一旦屋敷に戻ることは可能だと聞けただけでも良しとしよう。

「私はあなたが私を愛せるように最大限努力しよう」

「先ほどは恋をしろと仰《おっしゃ》っていませんでしたか？」

「第一段階は恋に落とし、第二段階で愛を芽生えさせるのが最終目標だ」

「ひっ……」

——なんか怖い！

自分に恋をしろと命じた口で、シルヴィオはジゼルを恋に落とす気でいる。自発的に動かして、裏で彼も自分に惚れさせるよう画策すると宣言された。

他の令嬢なら目を輝かせる状況だろう。憧れのシルヴィオ殿下に熱烈に求められた！と自尊心を満たし高揚するに違いない。

が、ジゼルは抜けられない沼にどぼんと落とされた心地だ。

——初恋もしたことがないのに、一体どうやって……。

いろいろと衝撃的なことがありすぎて、今夜はとにかく疲れてしまった。難しいことはまた明日から考えればいい。

今考えても答えがでないなら、考えるのを放棄《ほうき》して寝てしまえばいい。もしかしたら半年後に、自分に対するシルヴィオの興味も薄れているかもしれないし、逆に彼に心底惚れているかもしれない。

先がわからない未来をあれこれ考えるより、目の前の危機から脱することが重要だ。

ジゼルは抱きしめられている身体をゆっくりと離そうとし……強固な檻《おり》にがっちり嵌《はま》っていることに冷汗を流す。

後頭部をぐいっと引き寄せられた。頭上になにかが触れる。

――え？

疑問の声が出るよりも先に、先ほど聞き流してしまった台詞が再度紡がれた。

「やはりあなたの匂いはたまらない。ずっとかぐわしい匂いで私を誘惑してくる」

「……ッ!!」

身体が硬直した。

頭に触れているものは、気の所為《せい》でなければシルヴィオの鼻先ではないか。

彼はジゼルの匂いがたまらないと言いながら、頭の匂いを嗅いでいる。匂いを堪能するように深く息を吸いこむ音まで間近で聞こえてきた。

――湯浴みをした後でもこれはちょっと……！

対処法がわからなくて動けない。こういうときイルマはなんて言っていたか。

頼りになる姉の教えを思い出すが、殿方から頭の匂いを嗅がれたときのうまい言い返しなど教わった記憶がない。足蹴にされると悦《よろこ》ぶ男の対処法ならかろうじて覚えているが、多分それには該当しない。

「……」

先ほどから気にしないようにしていたが、意識が違和感のあるところに集中してしまう。

密着した身体は強く抱き込まれているため、相手の体温どころか鼓動まで伝わりそうだ。

こちらの動揺はもしかしたら伝わっているかもしれない。ネグリジェの上にガウンで身体の線は隠しているが、お互い薄着のため遮《さえぎ》るものは少ない。つまり、ジゼルの下腹部に押し当てられる硬いものがなんなのか……気づかないふりをしていたが、そろそろ無視できなくなった。

「はぁ……」

零《こぼ》れた吐息がなんとも煽情的で、押し付けられている熱の塊《かたまり》がぴくんと動いた。ジゼルの脳内にけたたましい警報が響く。

──待って待って、婚約式を終えたばかりでも正式には婚姻していないから、契りを交わすことはないって話では……！

市井に住む市民たちは、婚前性交も大らかだが、高位貴族に嫁ぐ令嬢は初夜まで純潔でいることが望ましいと教育されてきた。

しかし、婚約後に花嫁の部屋を用意させて、婚姻式まで強引に滞在させる相手に果たして一般的な貴族の常識が通用するのかどうか……不安だらけでジゼルは泣きそうだ。

「ジゼル」

熱っぽく名前を呼ばれ、ジゼルの心臓がドクンッと跳ねた。こちらの緊張が伝わっているらしく、シルヴィオは安心させるようにジゼルをキュッと抱きしめる。

「あなたの純潔をいただくのは私だが、夫婦になるまでは我慢しよう」

後半の言葉を聞いて、ジゼルの身体から空気が抜けるような心地になった。純潔を奪うのは自分だと宣言されたのは深く考えないようにしよう。とりあえず今夜の危機は脱したらしい。

「でも、最後の一線を越えずとも、やりようはいくらでもある」

「ッ……！」

……前言撤回《ぜんげんてっかい》、まだ危機は継続しているらしい。

どこに置いたらいいのかわからず、ガウンの裾《すそ》を握っていた手を取られた。また握られでもするのだろうか？　と思いきや、その手があらぬところへ触れさせる。

「シルヴィオ様……？」

導かれた先はシルヴィオの熱い杭《くい》……服の上からでもわかるほど欲望を滾《たぎ》らせている猛々《たけだけ》しい雄の象徴だ。

初心《うぶ》な少女になにをさせるんだと意識を遠のかせるが、熱い屹立《きつりつ》の存在が掌《てのひら》に生々しく伝わり、気絶させてくれない。

「ジゼルの近くにいるだけで、こんなにも興奮してしまう」

「……さようで……」

「私がこんな風になるのはあなただけだ」

そんなことを言われても証明するのは不可能だし、知らなくていい情報だ。

服の上から男性器に触れるなんて、乙女にとっては大問題だ。未知の生物と遭遇したときもこんな気分なのだろうか？　と、とりとめのないことまで思考が錯乱する。

――熱いし太いし、いえ大きい……？　しかもぴくぴくしてる……！

驚きすぎて眩暈《めまい》がしそうだ。

ジゼルの乙女な部分が恥ずかしさを訴えてくる。取り乱すような真似《まね》だけはみっともないのでしたくない。しかし美しい見目に反して紳士的ではない態度を取る男は、巷《ちまた》で呼ぶ〝変態〟というものだろう。

――女性たちの憧れの王弟殿下が、変態……！

理想が崩れ、泣いて倒れてしまう令嬢も多そうだ。

「あの、シルヴィオ様……そろそろ離しても？」

「ああ、こんなに顔を真っ赤にさせて……なんて愛らしい。うん、いいよ、今夜はまだあなたに触れないし求めないから」

――さんざん抱きしめたり触れさせたりしておいて……。

なにを言っているんだ、この男は……と正直思うが、ぐっと堪える。これ以上のことはしないと言った発言を信じるしかない。

だが、代わりに妙な要求をされた。

「あなたが今日身に着けていたドレスはどこにある？」

「え？　あの紫のドレスですか？　確か隣の衣装部屋に吊《つ》るしてあるかと」

湯浴みの前に脱いで侍女が片付けたのだ。衣装部屋になければ、どこか風通しのいいところに吊るしてあるかもしれない。

シルヴィオはサッと立ち上がり、そのままジゼルに与えられた衣装部屋へ姿を消した。

なにが気になるのだろう？　と小首を傾げる。

――ドレスに縫い付けられていた宝石がとても高価だから、忘れる前に回収するとか？　盗まれる可能性でもあるのだろうか。この厳重な警備が施されているアザレア城で盗みが入る可能性は低いと思えるが。

ほどなくしてシルヴィオが戻って来た。その手にはジゼルが着用していたドレスを持っている。

一級品の生地で作られた豪華なドレスは自分には分不相応だと思ったが、家族にもシルヴィオにも褒《ほ》められたので恐らく似合っていたのだろう。ジゼル自身も、その可憐《かれん》な薄い紫色のドレスが気に入った。

しかしそれをわざわざ持ってきた意図がわからない。

疑問符を浮かべながらシルヴィオの行動を見守っていると、彼はジゼルの目の前で寝台の上にそのドレスを広げた。

裾も寝台から落ちないように気をつけたまま、ドレスの胸元を引き寄せる。なにをするつもりなのだろうと訝《いぶか》しんでいると、シルヴィオはおもむろにドレスの匂いを嗅ぎだした。

「はぁ……思った通り、とてもかぐわしい匂いがしみ込んでいる」

「――――ッ!?」

声にならない悲鳴が出た。

朝から晩まで着用していたドレスは、一日の汗も体臭も吸収しているだろう。

自分の体臭が気になったことはなかったので、香水をつけようとも思わなかった。花や果物から抽出された香水はいい香りだが、あまり好きになれない。

しかし、目の前には自分の体臭を気に入り、肺いっぱいに吸い込もうとしている王弟殿下がいる。恍惚《こうこつ》とした顔でスーハーしている姿を黙って見守る神経は、個性の強い家族に慣れているジゼルとて持ち合わせていない。

「なにするんですか⁉　やめてくださいーー！」

ドレスをシルヴィオからひったくろうとするが、裾にじゃらじゃらと縫い付けられた宝石が邪魔をした。乱暴に扱ってドレスや宝石に傷をつけたら恐ろしい。

伸ばした手を引っ込めて、ジゼルはシルヴィオに詰め寄る。

「私の体臭がしみ込んでるなんて信じたくありませんっ」

「それなら確かめてみたらどうだ？」

「え……っ」

……自分のドレスを嗅げと？

許可が貰《もら》えたことはありがたいのかどうなのか悩むところだが、ジゼルは恐る恐る胸元から脇まで嗅いでみる。

あれ？　と首を傾げた。

――別に匂わないわ……。

自分が想像していたような匂いは感じられない。ドレスについたものがどんな香りか、先ほどまで不快な想像しかしていなかったのだが。

もう一度クンクン嗅ぐが、やはり感想は同じだ。なにかおかしな匂いは感じ取れない。

「あの、自分の匂いだからかもしれませんが、なにも感じませんよ？」

「自分の匂いが感じにくいというのはあるけれど、安心していい。他の人間も恐らくあなたと同じ意見だ」

ではなにゆえ何故シルヴィオだけこのような異常な反応を見せているのか。

理由は簡単、シルヴィオの特異な体質が原因らしい。

「私は嗅覚が他の人間よりも優れているようでね、些細《ささい》な匂いも敏感に感じ取れてしまうんだ。花や食べ物も、人の体臭も。苦手な人間から放たれる香りはやはり好ましくないし、逆に好意を抱いている相手はとても私好みの匂いに感じる。私の想《おも》い人がジゼルなら、あなたの匂いは私を常に発情させてやまないほど、魅力的な香りなのだよ」

「……さようで……」

堂々と、あなたの香りで発情する、と言われたときのうまい切り返しがわからない。

男性から熱烈に口説《くど》かれていた姉に、異性への対処法を一通り教えてもらったはずだが、シルヴィオにはなにひとつ通用しないように感じた。予想外のことが多すぎる。

茫然《ぼうぜん》と立ち尽くすジゼルの手から、ドレスがするりと奪われた。

目尻を薄っすらと赤くし、とろりとした視線をジゼルに向けてくる。濃厚な蜂蜜を飲まされたような錯覚になるほど、シルヴィオの表情も眼差しもすべてが甘い。

「湯浴みを終えてもほのかに香る甘い匂いに誘惑されたが、一日身に着けていたドレスはやはり濃い……。そろそろ私も我慢ができない」

シルヴィオの呼吸が荒い。濃いというのがどんな香りに感じられているのか、考えるだけで顔から火がでそうだ。

自分に好意を寄せる年上の男性に隠しもしない劣情を見せられて、ジゼルは彼を止めることも自分が去ることもできずにいる。

羞恥《しゅうち》と驚きと、少しの好奇心が混ざり合い、妖艶《ようえん》な色香を振りまくシルヴィオから視線が逸《そ》らせずにいた。

衣擦《きぬず》れの音がした直後、シルヴィオは片手で器用に衣服を乱し始めた。

なにをするつもりだ、まさかここで着替えるわけではないだろう。

固唾《かたず》を呑《の》んで見守るジゼルの前で、シルヴィオは雄々しく存在を主張する男性器を取り出した。

赤黒く生々しい雄の象徴……。男性器は彫刻や絵画で見慣れていたが、実物を目の当たりにしたのははじめてだ。

悲鳴を上げるのを堪える。男性は繊細なところがあるので、結婚後の閨《ねや》では身体的な特徴にあまり怯《おび》えや拒絶を示したら、その後の関係性に差し障《さわ》りがあるらしい。と、既婚者の友人から聞かされたことを咄嗟《とっさ》に思い出したのだ。

しかし、身体的な特徴というのは男性器のことを指していたのかと、今さらながらに思い至った。

シルヴィオはジゼルのことを気にかける余裕がないのか、右手を忙《せわ》しなく動かしている。直視するのは憚《はばか》れるのに、とてつもない色香をまき散らす男の存在感が強すぎて無視できない。

男性的な無骨な手よりもシルヴィオの手は繊細だ。爪の先まで美しく整っている。

左手でドレスを抱きしめるように鼻先まで持ち上げ、右手で欲望を擦る。どんどん色気が増し、一体どういう状況なのか頭で処理ができずにいた。

「はぁ……っ、ン……」

零れる吐息が艶めかしい。

ジゼルは魅入られたように動けない。

シルヴィオの口から漏れる微《かす》かな声がジゼルの鼓膜を震わせる。

――な、なんだか身体の奥がムズムズする……。

心なしか内側から熱くなってきた。

きっと心拍数が早いのは羞恥心を覚えているからだ。見てはいけないものを見てしまっているため、背徳感を感じてドキドキとうるさいのだろう。

だが身体の中でくすぶるような熱がじわじわと高まる。その明確な理由を、色恋や男女の営みに不慣れなジゼルはわからない。

「ジゼル……ジゼル……ッ」

「っ！」

シルヴィオは目を閉じながらジゼルの名を呼んだ。自慰に耽《ふけ》りながら己の快楽を高めているらしい。

そんな声で名前を呼ばれたら、触られているような気分になるではないか。

実際は触れられていないのに、身体中にシルヴィオの手が這《は》わされている心地になる。

閉じられていた彼の目が、ふいに開いた。潤んだ目にははっきりと情欲の炎が灯《とも》り、ジゼルを焦がすように見つめてくる。

「……っ、ジゼル……」

ガウンをきっちり着ているが、まるで視線だけで肌を暴《あば》かれているようだ。まだキスだって未経験なのに、一足飛びに身体の隅々までシルヴィオに晒《さら》されている心地になる。

――って、そうよ。私、まだキスもしたことないのに……！

無垢《むく》な乙女だったはずなのに、男性の生理現象を観察しているなんて。泣きそうだ。

冷静に状況を分析する自分と、感情に支配されそうな自分がいる。

この一日でどれだけの経験値を積んだだろう。

大人になるってこういうことを言うのだろうと、ジゼルが遠い目をしながら感慨に耽《ふけ》ったところで……、シルヴィオが限界に達した。

「ア……、クッ……！」

「……ッ！」

勢いよく飛び出る飛沫《しぶき》がシルヴィオの衣服を汚した。

ドレスには飛び散っていないのが幸いだが、男性が射精した光景に言葉を失う。

――知識だけは知ってるけど、今のがつまり……男性の精子、なのよね……？

あんなに出るものなのか……。

ここは実際の行為を体験する前に、事前知識が得られてよかったと考えるべきか。男性の性衝動についても学ぶことができた。個人差はあるだろうが、少なくとも婚約者のシルヴィオについて情報が得られただけ良しとしよう。

茫然としたまま冷静に状況を処理し、ジゼルはドレスを回収するべきか悩む。シルヴィオも精子がついた衣服のままでは不快だろう。

なにか拭くものを探そうと立ち上がったが、シルヴィオは手早く手巾《ハンカチ》で自身についた残骸《ざんがい》を拭《ぬぐ》っていた。用意がいいのはいいことだが、行為に耽った後に手を洗わずドレスに触られるのは抵抗がある。

やはり回収するべきだと、ジゼルは手早くシルヴィオからドレスを奪還《だっかん》した。

「お済でしたら衣装部屋に戻しておきます」

欲望を吐き出したばかりで、気だるい色気を醸《かも》し出すシルヴィオを直視しないように気をつけながら、ジゼルはサササッとドレスを手に持ち隣室の衣装部屋へ赴いた。

元の位置がわからないが、風通しの良さそうな場所に吊るし、そのまま浴室で濡れたタオルを用意する。乾いたものだけで拭うには限界があるだろう。

「シルヴィオ様、よろしければこちらを……」

少し落ち着いた頃合いを見計らって濡れたタオルを手渡すが、シルヴィオのアメジストの瞳と目が合った瞬間、萎《な》えたはずの楔《くさび》が元気を取り戻した。

「え……？」

むくむくと大きくなる現象は人体の神秘すぎる……と頭の片隅で呟きながらも、その一瞬の変化に戸惑《とまど》いが隠せない。

あっという間に復活したシルヴィオの欲望は、先端からぷくりと透明な雫《しずく》を溢《あふ》れさせた。

「えええ……⁉」

「本物のジゼルに近づかれたら欲が再燃してしまったようだ。こんな風になるのも、あなたが相手だからかな」

ほんのりと頬を染《そ》めて呟かれたが、まったく嬉《うれ》しくない。

一度昂《たかぶ》ってしまったものを出さずに鎮める方法を、無垢な乙女が知るはずもない。シルヴィオは「待って、すぐ出すから……」とジゼルに言い、ふたたび右手をしゅこしゅこ動かし始めた。左手はジゼルの手首を拘束している。

「あの、私の手は離し……」

「あなたの手はとても柔らかくて気持ちいい。こんな手で握られたらどんなに……」

――どんなにって？　握るって⁉

思考が考えることを拒否している。

まさか至近距離で観察させるとは、想像以上にシルヴィオの性癖がアレすぎて、ジゼルの頭は逆に冷静になった。

――貴族令嬢たちの憧れの君であるレオンカヴァルロ公爵が、女性の匂いに欲情し自慰をする変態……とか、口が裂けても言えない……！

誰も信じないだろうけれど、人には知られたくない秘密もあれば、知らない方が平和なこともある。

「ジゼルの手は小さくて、どこもかしこも可愛い。今夜は抱きしめたまま眠りたいくらいに」

――無理です！

言葉にならない悲鳴が喉《のど》から細く吐き出された。しかし忙しいシルヴィオの耳には届いていないだろう。

抱きしめられたまま眠るなんてとんでもない。いくら正式に婚約したからと言って、性急にことを進めすぎである。顔を真っ赤にし、涙目のまま彼から離れようとしたが、手の拘束は解けない。

先ほどまで手首を掴まれていたはずだが、今は手をがっちりと握られている。振りほどくこともできないほどに。

彼が言う通り、ジゼルの手は小さい。他の貴族令嬢のように華奢《きゃしゃ》で白魚のような手ではなく、どちらかと言えば適度に肉付きがいいふっくらした柔らかな手だ。

恍惚とした呟きを落としながら、シルヴィオがジゼルの手を持ち上げ、手の甲に唇を押し付けた。れろり、と舌で皮膚を舐《な》められる。

「ひゃあ……！」

「ダメだ、そんな可愛い声を聴いたらもう……っ」

苦し気に絞り出した声が官能的に響く。

凄絶な色香をまき散らし、ふたたび彼が吐精するまで、ジゼルは息も絶え絶えに見守り続けることしかできなかった。


すっきりした面持《おもも》ちで自室へと戻るシルヴィオを見送り、ようやく嵐が過ぎ去った室内で、ジゼルはぐったりしていた。

今夜はもう寝て、すべて夢だったのだと思い込もう。

国一番の色男の性癖を受け止められるほど、まだ大人になりきれていない。誰かに口外することはしないが、受け入れるには時間がかかるのだ。

「なんだかとても疲れたわ……」

シルヴィオが消えた寝台に横たわろうとするが、先ほどの光景が蘇《よみがえ》ってしまい消えてくれない。

寝台がシルヴィオの残骸で汚された形跡はない。しかし汚れているかどうかをしっかり確かめられるほどの気力も残っていない。

かと言ってなにも気にせず熟睡できるほど、神経が太くもない。

「……すごく抵抗があるんだけど……」

衝撃的な光景を見せられればすぐに忘れることは難しい。

疲れた身体を早く休ませたいのに、ジゼルはしばらく寝台の横に突っ立ったまま、己と葛藤《かっとう》するのだった。

第0章

すべての始まりは一ヶ月前に遡る。

フェルディナンド・ジルベルト・ルランターナ国王は、その日も深く溜息を吐いた。

ルランターナ国は豊かな国土を持ち、良質な鉱山にも恵まれている。大陸の中でも有数の大国であり、近年では周辺諸国とも同盟を結び友好的な関係を築いていた。戦争の火種があるわけでもなく、安定した国力を持っているにも関わらず、フェルディナンドの憂いが晴れない理由はひとつ。年の離れた王弟が未《いま》だに独身であることだ。

御年四十歳を迎えたフェルディナンドの弟、シルヴィオはもう三十二歳になる。フェルディナンドが三十二歳のときは、すでに王子が二人生まれていたのを考えると、シルヴィオがいつまで経《た》っても結婚せずに独身を貫こうとしているのが心配でならない。

父親譲りの精悍さを受け継いだフェルディナンドとは違い、シルヴィオは傾国の美姫《びき》とも謳《うた》われた母譲りの美貌を受け継いだ。

国一番の色男と呼ばれるほど、容姿は端麗で頭脳も明晰《めいせき》。人望も篤《あつ》く文句の付け所がない。女性の扱いも、幼い頃からフェルディナンドが指南していただけあり、常に優しく思いやりを忘れない、世の女性の理想的な男へと成長した。

だが、良かれと思い構いすぎたのがまずかったらしい。

誰からも好かれ、貴族令嬢どころか国中の娘の憧れとなったが、シルヴィオは実のところ女性があまり好きではない。

流した浮名は数知れず、女性の扱いに長《た》けたフェミニストとして名が通っているが、それは彼の演技である。女性への接し方は、フェルディナンドの指示通りに従った結果であるが、本来なら彼は女性とダンスを踊ることすら好まない。

すべては理想の王子像を演出するためであり、またフェルディナンドの命令を受け入れただけにすぎない。

シルヴィオの容姿が完璧な美男子なのに、女性が苦手で扱いが下手では、王家の威信に関わる。フェルディナンドが本人の苦手意識を克服させるために時折力技を使いつつ、女性に慣らさせていったのだが……何年経ってもシルヴィオの体質が変わることも、運命の女性に出会うこともなかった。

「せめて気に入った令嬢が現れればまた別だろうが……」

王の執務室にひとり、フェルディナンドは難しい顔つきでぼやく。

可愛い弟の欠点であり長所のひとつは、人よりも鼻が利くことだった。どれくらいかはわからないが、鼻が良すぎる所為で女性嫌いを拗《こじ》らせてしまうほどだ。

香水の強い香りをまき散らす女性が特に苦手であり、笑顔で接していても顔が青いことがままある。

同性の体臭からも好き嫌いがはっきりと分かれるため、大勢の人間が集まる夜会に参加することは、王族としての義務でなければ絶対に避けたいところだろう。

フェルディナンドが国王になり、シルヴィオが母方の祖父のレオンカヴァルロ公爵位を継承してから数年が経過しても、一向にシルヴィオは女性と深く関わろうとしなかった。

婚約者を作る気配もないのは、そろそろまずいのでは……と誰もが思っていた。

絶世の美男子が独身を貫くのはあまりにももったいない。シルヴィオのことだ、公爵家の後継者には、王家に縁のある家から養子を貰えばいいとでも言い出されたら困る。

フェルディナンドは大事な弟に家族というものを与えたいし、可愛い嫁を娶《めと》ってほしい。もちろんシルヴィオの子供を抱きたいという己の欲もある。

大切なものを作らず一生ひとりで寂しい余生を送るなど、絶対にさせてはいけない。

本人の意志を尊重させるべきかしばらく悩んでいたが、フェルディナンドは決意した。

多少無理やりでも花嫁候補を集め、本人が気に入る令嬢を探させよう。

立場上仕方なく社交的になったシルヴィオでも、まだ会っていない未婚の令嬢は大勢いる。

「――グイド、舞踏会を開くぞ」

国王の執務室に入室した宰相グイドに、フェルディナンドは提案した。

突拍子もないことを言われることに慣れているが、グイドはずり落ちた眼鏡を上げて問いかける。

「先日陛下の生誕祭で舞踏会を開いたばかりですが」

「そうだ、だが今回は趣旨が違う。近隣諸国の大使も呼ぶような大掛かりな舞踏会ではない。独身で適齢期の国内の令嬢を集めた仮面舞踏会を開くぞ」

「仮面舞踏会ですか？　なんだか響きがいやらしいですね」

「なに想像してやがんだ、むっつりめ。いいか、季節は春だ。春と言ったら恋の季節だろう。出会いのない男女が素性を隠し、運命の相手を見つける舞踏会だ。参加者は未婚の独身貴族、不誠実に色事を楽しむために開くんじゃねぇぞ」

　気心が知れた宰相の前では、フェルディナンドの口調は随分と砕けたものになる。若かりし頃は騎士団に所属し、辺境の地で男ばかりの生活をしばらく送った名残である。本人も大雑把《おおざっぱ》で豪快な性格のため、気を遣わない相手には素のままで接していた。

「その舞踏会はシルヴィオ様のためですね？」

「ああ、素性を隠した者同士なら、余計なしがらみを考えることなく本能で相手を選べるかもしれん」

「なるほど。ですがシルヴィオ様でしたら、すぐに素性がバレそうですが」

「もちろん本人だとわからないように仮装させる。なに、うちの侍女たちに任せればあっという間に別人にさせてくれるだろうよ」

　ニヤリと笑う顔には隠しきれない悪戯《いたずら》心が潜んでいた。

別人に扮《ふん》させて、相手の顔もわからなくさせれば、本能的に自分好みの令嬢が見つかるかもしれない。

できるだけ多くの女性と会わせたいが、本人に嫌がられたら次は開催できなくなる。まずは自国の貴族令嬢のみ参加させ、シルヴィオの反応が良ければもう少し招待客の幅を広げてもいい。

「付き添い人はどうされますか」

「それはもちろん受け入れるしかないだろう。表立ってシルヴィオの嫁探しとは言わなくていい。勘のいい人間には気づかれるだろうがな」

勘のいい人間の中には当然シルヴィオも入っている。だが今回もシルヴィオは義務だけは果たそうとするだろう。嫌なら死ぬ気で抵抗すればいいが、そこまでしないのは少なからず兄のフェルディナンドを信頼しているからだ。

「まあ、陛下がシルヴィオ様を女性嫌いにさせてしまった原因でもありますし、責任を感じていらっしゃるのは重々承知しております」

「ああ、そうだ。さっさと克服して可愛い嫁を娶ってほしいという兄心だ」

シルヴィオの筆おろしをさせるため、本人には無断で女性を彼の寝室に待機させたことがあった。魅惑的な女性の肉体は繊細な少年には刺激的すぎたのか、その体験以来シルヴィオは香水をつけた女性を近づかせなかった。

さすがに二十年近くが経過した今は、表面上女性と接することもできるが、肉感的な身体を摺《す》り寄せられたり、女性からの誘惑には身体が拒絶反応を示すらしい。王族の矜持《きょうじ》として無様な姿を見せないだけだ。

シルヴィオは自衛のために女性への扱いが長けてしまった。芸は身を助くとはこういうことを言うのかもしれない。

フェルディナンドにも多少なりとも罪の意識があるため、弟の縁談には本人の意志を尊重させてきた。だがそろそろ横やりを入れてもいい頃合いだろう。

「相性のいい令嬢が現れたら、陛下はどうなさるおつもりですか」

グイドの質問に、フェルディナンドは機嫌よく答える。

「当然、そんな貴重な存在は二人も現れん。どんな手を使ってでもシルヴィオの嫁になってもらう」

「……令嬢の意志もきちんと尊重した上での発言だと信じてますよ」

当然だ、とフェルディナンドは力強く頷《うなず》いた。

◆◇◆

——仮面舞踏会当日。

国王の命令により、参加を余儀なくされたシルヴィオは、渋々用意された衣装を身に着けた。

彼の金髪は目立つため、茶色の鬘《かつら》を用意されている。

肩下までの茶色の髪は緩やかに編みこまれ、右肩に垂らした。髪型が変わっただけでシルヴィオの雰囲気ががらりと変化した。元々緩く波打つ金髪も短くはなかったが、肩に触れるほど長くはない。

目元に幅の広い陶器の仮面をつければ、まず正体が気づかれることはないだろう。背恰《せかっ》好《こう》が似ている男性は何人もいる。

仮面の目元にはよく見ると薄いベールがつけられている特注品だった。これなら王家特有のアメジストの瞳も気づかれにくい。

わざわざ職人に作らせるほど、フェルディナンドは今宵《こよい》の舞踏会に気合を入れているらしい。大事な弟を気遣ってのことだろうが、シルヴィオにとっては少々気が重い。

「帽子まで用意しているのか……」

鬘が脱げないことを考えての策だ。

また目立ちすぎないように、衣装は暗色でまとまっている。すべてを身に着けた姿を姿見で確認すると、レオンカヴァルロ公爵の姿はどこにも見当たらなかった。一貴族の貴公子に見えるはずだ。

「まあ、お似合いですわ！　別人になられましたわね」

「そうか、ありがとう」

女官長からの褒め言葉にお礼を返し、シルヴィオは複雑な気持ちのまま舞踏会に参加した。

身分を隠したままの男女の交流が目的だが、今宵の仮面舞踏会の終了時刻は通常の舞踏会よりも早く、また休憩室も設けられていない。

夜会では不埒《ふらち》な輩《やから》が初心な令嬢を空き部屋に連れ込もうとすることも珍しくないのだが、王家はそのような一夜限りの過《あやま》ちを良しとしない。

国王のフェルディナンドは王女が生まれたと同時に、「女性を弄《もてあそ》ぶような男は滅びよ」と発言した。

元々ルランターナの国民は恋多き人間が多い。

フェルディナンドの不興を買いたくない貴族たちは、婚約者でもない女性に手を出すことを不誠実と受け止め、王家から見放される覚悟でしなければいけないと、肝《きも》に銘じるようになった。

貴族であれ、この国は本気の恋愛を推奨している。遊びで手を出すことは許されないが、本気ならまあ、仕方ないよね、と多少寛容になるのだ。

国一番の色男という噂が独り歩きしているシルヴィオも、近づいてくる令嬢に自ら触れることはしない。きっちりと線を引いて丁重に女性をエスコートするところが、好感度が高いととても人気だ。

一歩シルヴィオが舞踏会に足を踏み入れるだけで一斉に視線を集めるのだが、別人に変装している今、彼に視線が向けられることはなかった。

珍しい体験に、シルヴィオは仮面の下で目を瞬いた。

人から見られているという緊張感には慣れていたが、見られていないことがこんなにも開放的な気持ちになるとは。想像以上に安心する。

──なるほど、兄上はこういうつもりで仮面という服装規定を設けたのか。

身分を隠したひと時の付き合いは気兼ねなく他者と交流できる。また相手の正体に気づいたとしても、それを暴くような無粋な真似は禁じられているのもありがたい。

王立音楽アカデミーから派遣された管弦楽団が音色を奏で、その音楽に合わせるように会場の一画ではダンスを踊り、それぞれ自由に社交を楽しんでいるようだ。

まだ社交界にデビューしていないような少年少女の姿も見受けられる。保護者の付き添い人がきっちりついているので安心だ。

シルヴィオはフェルディナンドが〝十代以上の未婚の男女〟という幅広い年齢層の人間を呼び集めていたらしいことを思い出す。他国ではありえない大胆さだ。

──さて、どうしたものか……。

積極的に楽しみたいわけではないが、自分のために開かれたのになにも収穫がなかったでは、フェルディナンドを落胆させる。また何度でも趣向を凝らして同じような舞踏会を開くだろう。

できれば一度で終わらせたいが、周囲を通りかかる女性の香水が鼻にまとわりつく。体臭と混ざり合った香水はなんとも言えない強烈な臭いだ。

男性の輪に入れば安全というわけでもなく、野心家で金に汚いような男からは酸化した油のような臭いがして、やはり近寄りたくない。

清涼な水を思わせる人間はどこかにいないものか。

——一緒にいて居心地のいい人間ですら貴重なのに、心が安らぐ女性を見つけるなんて……。

限りなく可能性が低い。香水を纏《まと》っていない女性の体臭にも吐き気を催すことがあるのだから。

「ワインを貰えるか」

「かしこまりました」

給仕係からワインを受け取り、壁に背を預けて喉を潤わす。

常に笑顔を見せなくていいのは楽だが、やはり自分が恋愛をできるような気がしない。

フェルディナンドが気にしているような心的外傷は些細なものだが、そもそも自分が興味を引かれるような女性が都合よく現れるはずが……。

「——っ」

目の前を通り過ぎた男女の後ろ姿を、視線がゆっくりと追った。残り香が風に乗り、シルヴィオの鼻腔《びこう》をくすぐる。

ほんの一瞬香った匂いは強すぎず、ほのかに甘い花の匂い。

山から流れる雪解け水に、控えめな花が落ちて溶け合ったような、清涼感溢れるいい匂いだった。

そう、シルヴィオははじめて自分の好みの匂いというものが、先ほど通り過ぎた男女のどちらかから香る匂いだと知った。

――今の香りはどちらのものだ？

自分と同じくらい背丈のある男性と、彼の肩ほどまでしかない小柄な女性。

寄り添うように歩いていたのは親密な証拠だが、男女の関係というような空気は感じられなかった。

――恐らく親類か、兄妹か……？

男性の方が髪色は銀色で華やかだが、女性の黒髪も夜空の静けさを思わせる綺麗《きれい》な髪だ。艶やかな黒髪はきっちりと結い上げられており、髪飾りに赤い花と鳥の羽が刺さっている。大胆に頭上に花を咲かせる女性はあまり見たことがないが、個性的な美的感覚をしていそうで面白い。緑のドレスに赤い花はよく映えている。

いいと思った匂いが、あの女性から漂っていたのか確かめたい。もし違った場合、男性の方の素性を洗えばいい。

この場にいるのは貴族のみ。自分の身近に置けるよう采配《さいはい》することも可能だ――と、いささか強引なことを考えながら、シルヴィオはワイングラスを給仕係に返し、目当ての人物を見失わないように後を追った。

少し先を歩く二人が立ち止まった。視線の先にあるのは、国宝にも認定されている百年前に描かれた有名な絵画だ。

——舞踏会で男女の交流を目当てに来たのではなく、王城でしか閲覧が叶《かな》わないものを見に来たのか？

すべての芸術はルランターナが発祥の地と呼ばれているほど、この国は芸術の発展に力を注いでいる。だが貴族の令嬢が婚約者候補を見繕《みつくろ》うことなく、真っ先にこの絵を見に来たのだと思うと、不思議な心地になった。

あの二人は何者だろうか。

彼女はどんな顔でそれを眺《なが》めているのか。

もう一度先ほどの香りを嗅いでみたい。自分の勘違いかもしれないし、確かめてみたい。警戒されないようゆっくりと壁際を歩き、後ろ姿を見せる二人に近づく。さりげなさを装いながら歩くのは案外難しい。

距離が縮まったところで、少女の声が届いた。

「——お兄様、あの色はどうやって作り出したのかしら。灰色って調合が難しいのよね。青みがかかったり赤みが強くなったり。あんなに綺麗な灰色はどう混ぜ合わせたのか気になるわ。顔料もどこのものを使われたのか……」

「ジゼル、ここまで来たのに色の調合の話？　あいにく僕は絵画の造詣《ぞうけい》は深くないから、父上に訊《き》いた方がいいと思うよ。それよりあの子たちの演奏の方が気になるなぁ。王立アカデミー所属の管弦楽団。なかなかいい音色を奏でてるよね。独創的な演奏ができそうな子もいていいなぁ」

「そんなに気になるなら、一緒に参加なさったらいかが？　正体がすぐにバレるでしょうけど」

「僕みたいな大人が、彼らの舞台を台無しにするわけにはいかないよ。活躍の場を奪ってしまうからね」

だがよほど気になるのだろう、お兄様と呼ばれた男は彼女の傍を離れ、身近で音楽を聴きに行ってしまった。

残された彼女はふたたび顔を上げて、絵画を見続けている。

真下から眺めるのは首が痛くなりそうだ。至近距離で見ると大きすぎてなにが描かれているのか全体が摑みにくい。

この国の絵画は歴史画や宗教画が多く、ここに飾ってあるのもそのひとつだ。少女が見上げているのはこの世界の創世記神話について描かれたものだ。

――この絵を熱心に見つめているのは、なにか思うところがあるから……ではなさそうだな。

先ほどの発言からして、純粋に絵描きの技術を追求したいのだろう。

集中している少女に一歩近づく。先ほど嗅いだ香りが、ふたたびふわりとシルヴィオの鼻に届いた。

――やはりこの匂いは彼女の香りだ。

ここには彼女しかいない。この匂いは間違いなく、この少女から放たれるもの。先ほど嗅いだのとまったく同じ、とてもいい匂いだった。清涼な水と、野に咲く花のように可憐で控えめな甘い香り。

清らかな香りが心地いい。人工的に作られた香水は一切使われていない、彼女自身から放たれる彼女のものだ。

シルヴィオは変質者と間違われないように気をつけながら、深く息を吸い込んだ。鼻腔を通り肺に届くまで、ほのかに甘くて安らぎさえ覚える香りは、まるで脳から嫌なことがすべて消えていくようだ。

――こんな気持ちになる匂いを嗅いだのははじめてだ。

目の前の少女がとても気になる。

先ほど声は聴いたが、彼女の顔が見たい。いや、今宵は仮面をつけなければいけないので、それは難しい。だがせめて会話がしてみたい。そんな風に思える相手と出会ったのもはじめてだった。

精神的な心地よさを感じながら、シルヴィオの身体にも明確な変化が起こっていた。

何故だか下半身に血が集中する。

熱を帯びているような感覚は、ずっと昔に経験した記憶しかない。

むくむくと己の屹立が布地を押し上げていく。その間も彼女の甘美な匂いはシルヴィオの鼻腔を刺激し続け、下半身の興奮が止まらない。

まさかそんなはずはない、と思うが、己の下半身を見ればその変化は一目瞭然《いちもくりょうぜん》。下半身を中心に、内側からくすぶる熱が身体全体に広がっていく。シルヴィオの口から艶めいた吐息が漏れそうになった。

――どういうことだ……二十年近くピクリともしなかったはずが。

兄であるフェルディナンドにも伝えていないが、シルヴィオは勃起不全だ。原因は十中八九、精通を迎えたばかりの自分がフェルディナンドの差し金で美女に襲われそうになったことだろう。

豊満で肉感的な身体を押し付けられ、心と裏腹に身体が反応した。自分の性器を見知らぬ美女の手で好きに弄《いじ》られ、あまつさえ口に入れられたことがとてつもなく気持ち悪かった。

混乱と恐怖と、相手の強い香水に体臭が混ざり合い、吐き気を催したのだ。結果、そのままシルヴィオが寝台の上で吐いてしまったことで、それ以上ことは進まなかった。

あの夜から一度たりとも、シルヴィオの男性器は反応しない。彼がフェルディナンドからせっつかれる縁談を一向に受けないのも、身体的な問題があったからだ。

彼なりの矜持と、兄を責めるつもりはないので、このことは誰にも告げていない。

よって、ふたたび男性としての興奮を得られているのは、恐らく喜ばしいことなのだろう。が、人には時と場合というものがある。

今この社交の場で、下半身を熱く滾らせ勃起させている男が見つかれば、まさしく変質者で通報される。生理的な現象は、いい大人なのだから自分で制御するしかない。

しかも相手は見知らぬ少女。多感な少女に知られるわけにもいかない。

一方的にあなたの香りを嗅いで興奮しました——などと他者に知られたら、築き上げてきたいろんなものが台無しになるどころか、フェルディナンドにも迷惑をかける。

幸いにも、上衣は尻まですっぽり隠すほど長く、生地も分厚い。傍目から見ればシルヴィオの急所が破廉恥《はれんち》なことになっていても気づかれない。

——つまりこの少女は、私の運命の相手ということか……？

シルヴィオは、もしかしたらいつか出会えるかもしれないと思っていた運命の相手が、この少女なのではないかと思い始めた。それも兄の影響だ。

硬派で無骨な見た目に反して、フェルディナンドは明け透けに言う。曰《いわ》く、『少しでも下半身が疼《うず》けばそれが恋の予兆だ』とか。かつて平然とした表情でシルヴィオに助言してきたことを思い出す。

シルヴィオは今まで女性への胸の高鳴りなど、一度も感じたことがない。女性は美しいが、どんな美女も可憐な少女も皆同じ。特別だと思えた女性など出会ったことがない。

しかし未だに絵画の考察を止めず、額縁までじっくり堪能している少女を見ていると、胸の鼓動が速まって来る。

いい匂いで頭の動きは鈍くなるし下半身は滾るし、心臓は苦しい。

一体なんの病状だと問われれば、やはり答えは〝恋の病〟としか出てこないだろう。

――やはりこれが恋か！

いささか早すぎると思うし、まともに顔だって見ていないのに、確信を抱いている。静かな気配を纏うこの少女が好ましい。もっと深く知りたい。ここまでかぐわしい匂いをしているなら、きっと性格も内面も素敵に違いない。

ならばこちらから声をかけて近づかなければ。少女が好きそうな餌をまき、関心を抱かせている間に、裏で手を回して外堀を埋めればいい。

シルヴィオが見ず知らずの少女に興味を持ち、結論に至るまでの時間はダンスを一曲踊り終わるのと同じくらいだ。

人が恋に落ちて自覚するまで、時間は関係ないのである。

シルヴィオは、仮面のおかげで正面にしか視点を合わせられない少女に声をかけた。

「――その絵が気に入りましたか？」

「え？」

小さく肩を震わせて、少女は身体ごと振り返った。

艶やかな黒髪と緑のドレス。結い上げられた髪には大きな赤い花が三か所刺されている。その合間には黒い鳥の羽……あれは鴉のものだろうか。

話しかけられると思っていなかったのだろう、少女は驚きのまま口を閉ざしている。いや、正確には口の形まではわからない。何故ならこの参加者の中で恐らく唯一と言えるフルマスクを装着していた。

　多くが目元のみを覆うマスクを着用しているが、顔全体を覆うマスクは舞台上でよく使われる。顔の表情は読み取れないが、僅かな隙間から彼女の目の色が美しい緑色であることがわかった。

　シルヴィオは怖がらせないよう、優し気な声で穏やかに接する。

「いきなり失礼しました。私もこの画家の作品が好きなのですよ。この舞踏会の参加者はここにある美術品にはあまり興味がないようなので、つい声をかけてしまいました」

「……まあ、そうなのですね。ええ、私もプブリウス・アプラの作品には興味があって一度間近で見てみたいと思っていたんです」

　はじめは困惑と警戒で視線の奥が揺れていたが、この画家が好きだと伝えると彼女の声から警戒心が薄れた。

　こちらは目元のみしか隠れていないので、口許《くちもと》は緩やかな弧を浮かべる。共通の話題で話したいだけなのだと思わせるように。

「プブリウス・アプラの作品でしたら東側の壁にも飾られておりますね。もう見られましたか？」

「いえ、まだです。到着して間もないので、そちらにもあるなんて知りませんでした」

「そうでしたか。あちら側にはカルロ・カフィの宗教画もありますよ」

「すごい、カルロ・カフィもですか」

あちら側と指を差した方に彼女の視線が向いた。その隙にシルヴィオは時間を確認する。まだ到着して間もないという言葉から、おおよその入場時間を推測できる。招待状と照らし合わせたときに、招待客の時間を記すようにさせているのだ。

——ここでなるべく個人を特定できるような情報を仕入れないと。

自分とは違い、黒髪は恐らく鬘ではないだろう。黒と緑の組み合わせを持つ貴族令嬢はそう多くはない。ましてやこの様子から、王家主催の舞踏会にも馴染《なじ》みはなさそうだ。社交界デビューは果たしたが、積極的に夜会に参加しているわけではないらしい。

ますます好ましいな、と内心思いながら次の話題を提供する。興奮材料を与えたら、その熱が冷めないうちにこちらに有利な甘い誘惑をチラつかせなければ。

詐欺師まがいの思考を持ちつつ、シルヴィオは会場内に飾られている有名な美術品をわかりやすく説明しだした。すぐ近くから確認できるものを見ようと言い、彼女の歩調に合わせながら美術品の解説をする。

「——あれは三十年前に、王家が芸術家を支援するアカデミーを設立し、主席で卒業したアラン・ジャコメッティの初期作品です。静止画の陰影を大胆な色合いで描き、見事な空間美を作り出しています」

「近くで見てもよろしいですか?」

「もちろん、触れさえしなければ問題ないですよ」

まるで熱心な生徒のように夢中になる姿は愛らしい。顔はわからなくても、彼女の芸術に対する敬意と熱意が好ましい。

しかし、隣を歩くというのはいささか苦行だった。彼女から放たれる香りは、シルヴィオの理性を徐々に奪っていく。

――ああ、触りたい……。

むき出しの肩に触れて、その肌の感触を確かめたい。肌理《きめ》の細かい肌はもっちりとしていて、指先が触れただけで吸い付くような感触だろう。

上から覗くと見える胸元のくっきりした谷間に、自然と視線が吸い寄せられる。今まで女性の胸元になどなんの感情も抱かなかったのに、あの肌に赤い花を咲かせたらどれだけ綺麗に映えることかと考えてしまう。

ゆったりと歩いているが、股間は痛いくらい張りつめていた。歩くたびに、疼く欲望を早く吐き出したくなる。

だが知り合ったばかりの少女に発情しているなど、死んでも知られるわけにはいかない。なけなしの理性を総動員させて、シルヴィオは平然とした顔を装っていた。

――私は彼女が欲しい。ここまで話が合い、好ましい女性はもう二度と現れない。

彼女がどこの誰なのか、詳しくは調べなければわからないが、大体の情報は手に入った。兄と姉がいると把握しただけでも特定要素になる。

「あ、兄ですわ。私を捜しに来たのかも」

「そうですか、長く引き留めてしまいましたから、お兄様に心配をかけてしまったお詫《わ》びを」

「いえ、お気になさらず。とても楽しい時間を過ごせました。ありがとうございました」

互いに名前は訊かず、素性も暴かず。その距離感が初対面の相手でも本来の自分を出せることもあるだろう。

近づいてくる銀色の髪の男を横目で確認しながら、シルヴィオは少女に微笑んだ。

「それでは、美しい黒髪のレディ。またいつかお会いしましょう」

「……あ、はい……」

背後から彼女の視線を感じたまま、シルヴィオはその場を去った。

足早に回廊を通り、通りかかりの女官に言伝《ことづて》を頼む。国王が私室へ戻ったら、話がしたいと伝えてほしいと。

シルヴィオは長年使っている自室へ赴き、すべての変装を解いた。

目元を覆っていた仮面を手に持ち、クスリと笑う。

「随分と個性的な仮面をつけていたな。あれはもしかしたら彼女の自作だろうか」

顔全体を覆う仮面には過度な装飾はなく、顔が描かれていた。スッとした眉に涼やかな目元、そして小さな赤い口唇。奇抜な仮面が多い中、圧倒的に素朴なのにドキッとする静けさも滲み出ていた。

上着を脱ぎ鬘を取る。見慣れた金髪と軽装姿になると、浴室へ赴いた。

フェルディナンドが来るまで時間はまだあるだろう。さっと汗を流したいが、まずは……。

「……クッ、ア……ハア……ッ」

張りつめすぎていた怒張が限界を迎えた。

勢いよく精を吐き出し、シルヴィオの手を汚す。それでも先ほどの少女の匂いや声を思い出すと、萎えた屹立が元気を取り戻した。

「アア……、こんなに溜《た》まっていたのか」

三度欲望を出すと、ようやく落ち着いた。気だるげな心地で身体に付着した白濁を洗い流す。

今まで性欲というものと無縁に過ごしていたが、解放後というのはこれほど心地よく、また虚《むな》しくなるものなのか。

ひとりで吐き出してもまるで気持ちよくはない。ただの性欲処理だ。

一時の快楽は得られても、時間差で襲い掛かるのは虚無感。

だがその時間を過ぎると、早く対象の少女を捕獲すればいいのだと結論に至る。

軽く湯浴みを終え、目的の人物がやってきた頃、シルヴィオは実に晴れやかな表情を浮かべていた。

「……その顔は、どっちだ？」

嫌気がさしておかしな方向へ振り切ってしまった顔か、もしくは兄に感謝を言いたい顔か。

フェルディナンドが外に護衛の兵を待機させると、二人きりの密室になった。

シルヴィオは兄のグラスにワインを注ぎ、爽《さわ》やかに笑って見せた。

「どうやら私は兄上が望んだように、運命の女性を見つけたようです」

「っ！　まことか！」

椅子に腰をかけていたフェルディナンドが勢いよく乗り出し、ワイングラスが倒れそうになったのをシルヴィオがさっと持ち上げた。

「どこの令嬢だ、どんな娘だ？　さあ言え！」

「落ち着いてください、兄上。まずは彼女とめぐり合わせてくださった兄上に感謝を」

「シルヴィオ……！」

感極まったように涙を浮かべた兄を見て、相当飲んだな……と内心呟いた。一定量の酒が入ると、フェルディナンドは感情が豊かになり涙もろくなる。

決して家臣や子供たちの前では見せない顔だ。自分にだけ特別に見せてくれるのは、心を預けてくれている証拠だろう。

フェルディナンドに水を飲ませた。

彼は落ち着きを取り戻し、ふたたび問いかける。

「それで？　令嬢の名前は訊けなくても特徴はあるだろう。すぐに調べてやろう」

「髪色は黒、瞳は緑、ドレスも緑です。家族構成は兄と姉がひとり。芸術への関心が高く造詣も深いようでした」

およその入場時刻まで告げると、フェルディナンドは口角をニヤリと上げた。

「なんだ、それだけ調べられてたら上出来だ。黒髪に緑の目なら特徴的だしな」

「ご存知《ぞんじ》なんですか？」

「ああ、十中八九ベルモンド家の第三子だろう」

「ベルモンド家の？　……確かにあの色合いは父親譲りですね」

ベルモンド伯爵家は古くから続く家だが、特徴的なのは彼らの芸術性だ。数々の名のある画家や音楽家など、一芸に秀でた者たちを輩出している。当代の伯爵は他国でも名が知れた天才画家と呼ばれ、嫡男は音楽の才を受け継いでいることで有名である。

「一番目のイルマ嬢は王妃様お気に入りの宝飾品を数多く扱っていましたね。色彩感覚が繊細でとても優れているとか。そういえば去年二番目の令嬢が社交界デビューを果たしたと」

「そうだ。伯爵と、上二人の子供たちは有名だが、末娘は一度舞踏会でデビューを果たしたきり公《おおやけ》には出ていない。ベルモンド家の令嬢ならどんな娘なのだと、過度な期待を周囲がかけすぎたのだろう。彼女はとても普通だと聞いている」

「普通……？」

そうだっただろうか。自分にはその他大勢の令嬢に溶け込む娘だとは思わなかった。仮面といい、ダンスよりも壁に飾られている美術品に関心を寄せる情熱さといい、あまり一般的な令嬢というくくりには入らない。

普通のことはなにも悪くないが、ベルモンドの名を背負って生まれたのなら、周囲はがっかりしたことだろう。なにも目を瞠《みは》るような才を持っていない彼女に。

「眉間に皺《しわ》が寄ってるぞ、シルヴィオ」

「……失礼しました。身勝手な周囲の期待というものが嫌いなもので」

「それは俺のことも入ってるか？」

「まさか、兄上のことはそんな風に思っていませんよ」

しかし、過度に期待してがっかりした周囲の反応を、きっと彼女は知っていたのだろう。ベルモンド家なら夜会の誘いも当然届くはずだが、その後彼女が姿を現したことはないらしい。誰だって憶測を囁《ささや》かれ、嫌な想いをしたくはないはずだ。

「黒髪は他国では珍しい色ではないが、我が国の貴族令嬢からは地味だと思われる傾向が強いな。この国は明るい色を好む。兄姉に比べて特出した才能もなく髪色も地味だと誰かが言ったことで、ベルモンドの出がらし令嬢と陰で囁かれているらしい」

「誰ですか、そのような無礼なことを言い出した輩は」

静かにふつふつとしたものが腹の底から湧いてきた。シルヴィオの声が一段低くなったのを感じ、フェルディナンドが「落ち着け」と宥《なだ》める。

「噂なんて勝手な話ばかりだろ。信憑性《しんぴょう》だって低い。それより、肝心の彼女の名前は把握してるか」

「ええ、それは当然。イルマ嬢から自慢の妹君の名前が出たことはありますからね。確かジゼル、だったかと」

「ああそうだ、ジゼルだ。わかってたんだが、ゾフィだったかイゾラだったかって一瞬考えこんでしまった」

「兄上も最近物忘れが」

「おい、俺はまだ四十だぞ」

フェルディナンドの鍛えられた身体に衰えは見えない。時間さえ見つけると剣を振り、身体を鍛えている。

シルヴィオは笑顔で「冗談です」と流した。

気分を害したこともなく、フェルディナンドはすっと目を細めて口角を上げる。その目はシルヴィオを見透かそうとしていた。

「んで？　なにも餌をまかずにのこのこ帰って来たわけじゃないよな」

「さあ、どうでしょう。あまり初対面の、しかも仮面をつけて正体を隠している相手に、警戒心を解かないはずがないでしょう。彼女はとても勉強熱心で、芸術に強い関心がありました」

「なるほど、相手の興味まで探れたのなら、確実に食いつく餌をちらつかせて誘い出せばいいってことだな。美術品が好きならお前と趣味も合うだろう。むしろ懇切丁寧に手取り足取り腰取り解説してやればいい。相手がレオンカヴァルロ公爵なら金を払ってでも講師にと、引く手数多《あまた》だしな」

「あいにく個人的な依頼は受けませんよ。もちろん手取り足取り腰取りなんてこともしませんん。ですが先ほどの舞踏会で彼女とゆっくり会場内に設置されている絵画を見て回りました。お礼まで言われましたよ」

顔はわからなくても、佇《たたず》まいや声から性格というものは滲み出る。貴族令嬢らしい傲慢さや矜持の高さは感じられず、じっと人の話に耳を傾ける姿勢も好ましい。

そしてなにより、彼女の匂い。あれは一体彼女のどんな成分で構成されているのだろうか。

思い出すだけでうっとりとしてしまう。

匂いというのは記憶と深い関りがあるようで、思い出として呼び覚ましやすい。また同時に思い出すだけで下半身が疼きそうだ。

身体が反応するということは本能が彼女を求めている。彼女のことをもっと知りたいと思うのも、顔も知らない相手に一目ぼれをしたから。未知の経験に戸惑うより、好奇心が強く湧いた。

「……なにを思い出してるんだ？　すっかり恋する男の顔になってたぞ」

「そうですか？　自分では気づきませんでしたが、私はどうやら彼女の香りを嗅ぐだけで身体が昂るようです」

「なに？」

「ジゼル嬢のほのかに甘い体臭がとても好みなんですよ。欲望のまま彼女を奪いたくなるくらい」

先ほどシルヴィオが告げた〝運命の相手〟というのが、フェルディナンドの中でようやくシルヴィオの好みの匂いに結びついたらしい。低く「うむ……」と呟き黙り込んでいる。

「兄上は、私の恋路に協力してくれるんですよね？　ああ、協力はできなくても黙っていてくださるだけで結構ですが」

「何故だ、それじゃあ俺がつまらんだろう」

フェルディナンドの口から本音が漏れた。

弟の恋路を祝うことなど一生訪れないと思っていたのだ。存分に楽しみたい。表立って協力はできずとも、なにかしら助けられることはあるはずだ。
二、三喉の調子を整え、フェルディナンドは弟想いの兄として語る。
「お前が巧みに年若い令嬢を手籠《てご》めにするくらい、わけもないのはわかっている。女が苦手だったお前が嫌な顔を見せずに夜会に参加し、誰にも気づかせないくらい細やかな心配りのできる男だとも。だが俺は大事な弟に現れた運命の娘を絶対に手放したくはない。だからな、シルヴィオ。お前は正々堂々とジゼル嬢に婚姻を申し込み、必ずものにしろ。いいな？」

「……命令されるから動くのではないとだけ、覚えていてくださいね」

釘《くぎ》を刺すことも忘れずに付け加えると、すぐに最短の道のりでジゼルと婚姻できる方法を思案する。

まずは運命的な再会を演出することだ。女性は偶然というものに運命性を感じたら相手がより気になるものだ。

二度の偶然が重なり、三度目になれば一体それはなにと呼ぶ？

――私は運命以外の言葉が見当たらないな。

互いに顔は知らない。だが声と目の色なら知っている。

「行きつけの店や、ベルモンド家に出入りしている商人など徹底的に洗うか」

その企《たくら》みを考え始めたときはすでにフェルディナンドの姿はなく。ひとりワイングラスを傾けながら、シルヴィオは二人の運命の再会について計画を練った。

魅力的な餌をちらつかせ、自分との婚約に彼女から頷かせる方法――。自分がレオンカヴァルロ公爵だと明かせば、彼女はきっと惹かれずにはいられない。公爵という身分ではなく、彼の王城での役職に。

――私が国宝を管理する王家の美術品の責任者だと知れば、好奇心旺盛な彼女が食いつかないはずはない。

限られた人間のみ閲覧が可能な美術品が、城の展示室に飾られている。

値段のつけられないものや、保存状態をきちんと管理する必要があるものなど、様々な理由で一般公開がされていないものが数多く保管されているのだ。代々のレオンカヴァルロ公爵がその責任者を任されている。

シルヴィオもレオンカヴァルロ公爵として、才能ある芸術家の支援を行い、先代公爵は王立アカデミーの創設にも関わった。公爵家は積極的に文化の発展に貢献しているのだ。ジゼルにしてみれば、いきなり異性として接することはできなくても、訊きたいことは山ほどあるはずだ。

数日後。目論見《もくろみ》通り偶然を装ってジゼルと接触し、素顔の彼女と出会った瞬間、シルヴィオは己の恋心が錯覚ではなかったことを強く認識した。

仮面越しでも好ましかったが、彼女の素顔は己の心をガシッと鷲摑《わしづか》みにした。華やかな美しさはなくとも、静謐《せいひつ》な可憐さが印象的だ。

背に流れる黒く艶やかな髪は思わず手を伸ばしたくなるほど手入れがされており、意志の強いエメラルドグリーンの瞳は理知的だ。

年頃の少女より大人びた表情の、物静かで落ち着きのある可憐な令嬢。ふっくらした頰は少しあどけなさが残り、小さな唇は紅を塗らずとも色味が濃くて吸い付きたくなる。

そしてジゼルから漂うかぐわしい匂いは、シルヴィオを酩酊《めいてい》状態にさせた。

早く、早く手に入れなければ——。他の男などに彼女を渡すわけにはいかない。

そしてふたたび偶然を演出し、素顔を晒してから二度目の出会いで、シルヴィオはジゼルにはっきりと求婚した。

「今すぐあなたを私の妻に迎えたい。まずは婚約してほしい」

「……はい？」

驚愕《きょうがく》したジゼルの目が丸く見開き、ぽかんと開いた口も愛らしくて。シルヴィオは己が培ってきた経験を総動員させて目の前の少女を口説き落とす。

人目がつかない壁際に追いやり、両腕の中に閉じ込めるようにして。

色仕掛けに近い脅し方で強引に迫り、自分と結婚したら閲覧制限のある美術品も好きなときに眺めることができるとまで囁き、ジゼルの理性を最大限にぐらつかせてから彼女を頷かせた。ずるい男だとわかりつつも、なりふり構ってなどいられない。

恐らく混乱していただけであろう彼女を言い含めて、ベルモンド伯爵に婚姻の許可を求めた。


仮面舞踏会で出会ってから婚姻式を行うまで僅か一ヶ月。

ジゼルは目まぐるしい速さでレオンカヴァルロ公爵の婚約者にさせられた。未だに混乱の渦中にいるが問題ない。

婚姻式を挙げるまでの半年で、ジゼルが自分に恋をすればいい。

絶句するジゼルが年齢よりも幼く見えて可愛くて。これからの半年間、彼女が自分から離れたくないと言わせるくらい夢中にさせてやろうと思うと、胸の高鳴りが止まらない。

驚く表情も困っている表情も、笑顔も全部、自分だけに見せてくれればいい。

――逃がさない、絶対に。

正式に婚姻しない限り一線を越えることはないが、可愛がる方法はいくらでもある。

心も身体も篭絡《ろうらく》して、すべてを自分に預けてくれるくらい、夢中にさせてやろう。

愉悦を含んだ笑みを見せると、ジゼルがビクンと肩を震わせる。そんな姿も愛らしくて、シルヴィオはこれからの未来がきっと楽しい時間になるだろうと微笑んだ。

第二章

婚約式を挙げた夜は刺激的な一夜だった。

あの夜、ジゼルが男性の生理現象というものを目の当たりにした後、シルヴィオは手早く事後処理を終わらせた。行為に夢中になっている間は凄絶な色香を振りまき、ジゼルをいたたまれない気持ちにさせたが、彼は欲望を吐き出した後は気だるさを滲ませつつも紳士的にジゼルを労《いたわ》った。

「今日はもう疲れただろうし、ゆっくり休んで。また明日……よい夢を」

そう言って去ったときは優しい王弟殿下の姿だった。ジゼルに好きになる努力を求めて来るような強引さも消えていたし、甘やかな笑顔は自慰行為をしていたとは思えぬ爽やかさで、ジゼルは啞然《あぜん》としつつもその後ろ姿を見送ったのだ。

シルヴィオが去り、思考が冷静になるとどっとした疲れが押し寄せた。

「なんだったのかしら、いったい……」

——私はなにを見せられたのだろう——。瞼《まぶた》に焼き付いてしまった光景が記憶の中にべっとりと貼りついている。

あんな風に男性が喘《あえ》ぐ姿も、色っぽくって艶めいた表情も、ましてや男性器を見せられたのだってはじめてだ。

冷静になればなるほど、顔の熱が引いて行かない。

「アアァ……！」

――恥ずかしい！

叫び出したいし全部忘れたい。枕に顔を埋めてじたばたしたい。

衝動のまま寝台に飛び込もうとしたが、寸前でハッと頭が動いた。

寝台のシーツに皺が寄っている場所は、先ほどシルヴィオが腰をかけていた場所だ。一応液体が付着しているわけではなさそうだし、見たところ汚れもないが、心情的には生々しい痕跡が残っている。

「……」

無言のままジゼルの頬が赤く染まった。見てはいけないものを見ている心地になる。

「ああ……私の寝台が……」

寝台が穢《けが》された気分だ。

まだ初心な生娘なのに余計な知識がついてしまった。それに男性の身体はなかなか興味深い……、と羞恥と好奇心がごちゃ混ぜになる。

シルヴィオが座っていた場所に触れる気にはなれず、ジゼルは場所を選びながら寝台に横になることにした。しかし目を閉じれば先ほどの光景がよみがえる。

身体は休息を求めていてもその夜は熟睡できず、これからシルヴィオの婚約者としてやっていけるのか、彼に恋心が芽生えるのか不安が募った。

「はあ～～……っ」

何度も溜息をつき、枕をギュッと抱きしめては身もだえ、外が薄っすらと明るくなり始めた頃ようやく眠りに落ちたのだった。


もしかしたら夢だったのかもしれない、と思い込もうとしたが、すべての五感が総動員してまざまざと現実だったことを伝えてくるため、夢の可能性はすぐに捨てた。

「おはようございます、ジゼルお嬢様！　よくお眠りになりましたか？」

レオンカヴァルロ公爵のアザレア城に住み始めて、早数日が経過した。

あの夜以来、シルヴィオが夜にジゼルの自室を訪ねて来ることはない。

ジゼルが目を覚ますちょうどいい頃合いに、ジゼル付きの侍女、サラが起こしに来る。

サラはベルモンド家に仕えていた侍女だった。ジゼルが急遽《きゆうきよ》婚約先のレオンカヴァルロ公爵家に住み始めることになり、ジゼルの父テオバルトがシルヴィオの許可を得て、サラを公爵家に派遣してくれたのだ。

もちろんサラ本人の強い意志があったからこそだが、ジゼルは婚約式から二日後に元気よく挨拶するサラがアザレア城にやって来て、目が零れんほど大きく見開き驚いた。

「おはよう、サラ。よく眠れたけれど、ちょっと夢で疲れてしまったわ」

「まあ、どんな夢だったんですか？」

「迷路のような階段をずっと下りているの。でも下りていると思っているのは錯覚で、実は上ってもいたようで、足は動かしているのに視点は上から見下ろしているような感覚なのよ。こう、ぐるぐる同じところをずっと回っている感じで」

「それは疲れそうな夢ですね……。では目覚めに疲れを癒《いや》すお茶を淹れますね！」

「ありがとう、楽しみだわ」

　サラは金茶色の髪に、パッチリとした茶色い目が印象的な美女だ。年齢はジゼルの二歳上の二十歳。貧乏男爵家の末娘で、ジゼルが十の頃からベルモンド家に仕えている。

　二十歳は結婚適齢期だが、サラは縁談に目もくれず、結婚するより働く方が好きらしい。ずっとジゼルの世話をしていたいと言われると嬉しいが、いつか彼女にも素敵な縁談が来てほしいと願っている。

「お嬢様がお好きなハーブティーです」

　手渡された白磁のカップには、薄黄色に色づいたお茶が注がれていた。

　透き通った黄色いハーブティーは、ほのかに甘味があり香りもいい。主に癒されたいときに飲むことが多いが、目覚めの一杯にもいいかもしれない。

「いつもながら匂いも味もおいしいわ。ありがとう、サラ」

「よかったです。一息つきましたらお召し物を替えましょう。先ほどあちらに本日のドレスを用意したのですが、どちらになさいますか？　さすが公爵家ですよね、上質なドレスがこんなに揃ってて……。身体の採寸なしでぴったり合うものをこれだけ用意できるのも、公爵家の仕立て屋が一流だからですかね……」

「微妙に気になる物言いをするけど、世の中深く考えない方が幸せなこともある気がするわ」

「ええ、仰る通りですね。あまり考えすぎはよくありません。ではお好きなものを選んでいただいて、あと髪を結わせていただきますね」

サラの言葉に頷き、ハーブティーを飲み干してから、ジゼルは数着のドレスの中から薄紅色のものを選んだ。

ジゼルが普段伯爵家で着ていた簡素で装飾が一切ないものとは違い、高価な一級品だと一目でわかるドレスだ。生地の光沢、触り心地や重さも違う。

ジゼルは動きやすさと機能性を重視したドレスを好むが、名門公爵家が用意する普段着がみすぼらしいドレスのはずがなかった。

「一番装飾が控えめな薄紅のドレスにしてみたけど……私には可愛らしすぎる気が……」

「いいえ、そんなことはありません。愛らしい色もお嬢様にぴったりですわ！　もっと自信を持ってくださいませ」

「そ、そう？」

サラは押しが強い。ただ似合わないドレスを選んだときは、別のものを提案してくれるのできっと大丈夫だろう。

サラの手を借りて、ジゼルは用意された上質なドレスに袖《そで》を通す。

フリルとレースが裾にあしらわれている。可愛らしく、だが幼さは感じられないドレスを身に着け、鏡台の前で髪を結われた。

「ジゼルお嬢様の御髪《おぐし》はいつも美しいですね」

櫛《くし》を手にしたサラに、うっとりとした声で褒められる。艶やかな髪はクセがなくまっすぐで、櫛通りはいいがやはり華やかさに欠ける。

――姉様みたいに巻き髪の方が扱いやすいと思うけど。

髪を結うのもさらさらすぎて難しい。髪留めだって使えるものが限られる。

それでもサラは慣れた手つきで器用にジゼルの髪を複雑に編みこみ、ハーフアップに仕上げた。仕上げに赤色に輝く宝石がはめ込まれたバレッタで留められる。

軽く化粧を施され、ジゼルは立ち上がった。

「ありがとう、サラ」

「まあ、よくお似合いですわ！　そろそろ朝食の準備ができておりますので、参りましょう」

朝食はシルヴィオと共に摂《と》るのが日課になっている。食事はできるだけ一緒に食べるものだとシルヴィオに言われており、ジゼルも伯爵家ではそのようにしていたので異論はない。

長い廊下を歩くと、食堂の扉の前にはアザレア城を取り仕切る執事が待っていた。

「おはようございます、ジゼル様。中で旦那様がお待ちです」

「おはよう、ディーノ」

扉を開けたディーノに朝の挨拶を返した。年はシルヴィオと同年齢か、少し下だろう。長年公爵家に仕えている家系で、ディーノはまだ独身らしい。と、情報収集が早いサラから紹介を受けていた。

ダイニングテーブルに着席していたシルヴィオが立ち上がり、大股で近づいてきた。すかさず手を取られ、席まで案内される。

「おはよう、ジゼル。今日のあなたも愛らしい。明るい色のドレスも良く似合う」

「……おはようございます、シルヴィオ様。お褒めの言葉、嬉しいですわ。ありがとうございます」

社交辞令のような褒め言葉が彼の本心だというのはわかっている。しかし女性の扱いに慣れているシルヴィオの褒め言葉にしては無難だなと、ジゼルは頬を染めてはにかむよりも冷静に分析していた。

すっと手が持ち上げられる。席までエスコートしてくれるようだ。

シルヴィオの手と重なる。手の甲を親指でスッと撫でられゾクッとした。

電流のような、寒気のような……。その震えがなんなのか、あまり考えないようにしたいが、エスコートをしながら隣を歩くシルヴィオが静かに深く息を吸い込んでいることに、神経が向いてしまう。

「今日もジゼルはいい匂いをしているね」

「……光栄ですわ」

――やっぱり嗅いでた。

もはや毎朝の恒例行事であった。

ジゼルはなにも気にしていませんという振る舞いをし、笑顔を貼りつけたまま席に座る。向かい合わせで食事を摂るのかと思いきや、シルヴィオはジゼルの隣に腰をかけた。あまりの距離の近さにギョッとするが、そんな驚きすらシルヴィオは予想済みなのだろう。笑みを深めてじっと見つめてくるので性質が悪い。

シミひとつない白いテーブルクロスの上には色鮮やかなフルーツ、生野菜の盛り合わせ、具沢山のオムレツにカリカリのベーコン。バターがたっぷり練り込まれた焼きたてのパンと、つやつやな蜂蜜も添えられている。

給仕係の侍女が淹れたての紅茶を注ぎ、その横でシルヴィオがとろりとした眼差しを向けてきた。

「私が好きなものを取ってあげよう。なにが食べたい？」

「いえ、自分で……シルヴィオ様の手を煩《わずら》わせるなんてとんでもございません」

「大事な妻のためになんでもしたくなるのが、夫というものだ」

「気が早いですよ、旦那様。まだ正式な婚姻は先です」

すかさずディーノが訂正を入れるが、シルヴィオはさらりと流した。彼の中ではジゼルは婚約者であり、未来の妻（確定）らしい。

いちいち反応してたら神経が持たないなと、ジゼルは早々に諦めることにした。聞き逃せないことはもちろん返すが、このくらいはまだ許容範囲だ。

シルヴィオが取り分けてくれた野菜、オムレツ、ベーコンとパンはどれもとても食欲をそそる匂いがする。特に香ばしい焼きたてのパンは贅沢にもバターがたっぷり使われているので、おいしくないわけがない。

——こういう食べ物の匂いはどうなのかしら。

ふと素朴な疑問を抱きながら、ジゼルは一口サイズにパンをちぎった。口に入れた瞬間に広がる小麦の味わいと濃厚なバターの風味にうっとりとする。

さすが公爵家。贅沢な食材をふんだんに使っている。

しっかり火が通ったオムレツもちょうどいいふわふわ加減だ。中にチーズも入っている。なんておいしい。伯爵家の食事もおいしかったが、公爵家の料理人も素晴らしい腕前だ。

「ジゼルはおいしそうに食べる。私が食べているのとあなたのものとじゃ、味が違うのかなと思えるほどだ」

シルヴィオの言葉にハッとした。

隣にいる美貌の公爵に甘く見つめられながら食事をすることもすっかり慣れてしまい、つい食事に夢中になってしまった。

「シルヴィオ様も召し上がってください。この焼きたてのパンも他の料理も、どれもおいしゅうございます。さすが公爵家の料理人ですね」

「それはよかった。ではあなたの手で私にもそのおいしさを分けてもらおうか」

「……はい？」

シルヴィオが微笑みながら見つめてくる。

おいしさを分けてほしいとはつまり……。

――食事を分けろと？　いえ、食べさせろと？

食べかけのパンは指でちぎったものだ。直接齧《かじ》ったわけではないが、それを家族以外の誰かに、しかも王弟殿下で公爵家の当主にできるはずがない。

ジゼルの思考がピシッと固まったのを気づきつつも、シルヴィオは黙って待っている。

なかなかいい性格をしていると、何度目になるかわからない感想を抱いた。

「私のパンもシルヴィオ様のも、同じものですよ？」

かろうじて抵抗してみるが、相手は手強《てごわ》い。新しい取り皿の上にパンを載せ、それをジゼルに渡してくる。

「ねえジゼル、愛《いと》しいあなたの手で食べさせてもらえたら、私は今日一日仕事を頑張《がんば》れそうなんだ」

新しいパンをちぎって食べさせろと要求された。離れた場所で、静かに主人を見つめるディーノと、表面上は平常心を装っているが目の奥が笑っているサラの視線を感じる。

衝動的に渡されたパンをシルヴィオの形のいい口に押し込みたくなるが、そんなことをしたら後が怖い。シルヴィオなら、野性的な魅力もあるジゼルも素敵だとでも言ってくるだろう。それが気に入られたらもっと面倒なことになる。

キラキラした期待に満ちた笑顔を向けられ、根負けした。ジゼルは恥を捨ててシルヴィオ用のパンを一口ちぎった。笑顔でじっと待っている彼の口に持って行く。

「……では、口を……開けてください……」

冷静を装っているが、これは恥ずかしい。

一度羞恥心を感じるとじわじわと顔に熱が集まって来る。

震えそうになる手を気合で抑えているのに、シルヴィオは羞恥に悶《もだ》えるジゼルを見つめたまま口を開けない。

あなたが食べさせてって言ったんでしょう！　という気持ちがふつふつと湧き、ジゼルは早々にその手を引っ込めて自分の口にパンを放り込んだ。

「こら、何故私のパンを食べるんだ」

ごくんと飲み込み、ジゼルは自分の食事を優先させた。

「シルヴィオ様がすぐに口を開けないからです。いらないのかと思いましたので、私が処理しました」

「まさか本当にやってくれるなんてと感動していたんだ。羞恥心を堪えながら食べさせてくれるジゼルが愛らしすぎて、見惚《みと》れてしまった。ジゼル、もう一度……」

「イヤです。ご自分で召し上がってくださいませ」

「ではあなたの食事を私が食べさせてあげよう」

「食事が冷めるので結構です。おいしく味わえる間に食べなければ、作っていただいた方にも食材にも失礼ですので」

「まさしくその通りだ。ジゼルはなんて優しい女性なんだろう」

「ありがとうございます」

もぐもぐ食べながらシルヴィオを適当にあしらっている姿を見て、ディーノは軽く嘆息し、その場にいた他の使用人はジゼルの頼もしい一面に感動していたことを、本人は一切気づくことはなかった。

◆◇◆

ルランターナは美と芸術の国と呼ばれている。国力も安定し、戦争もない豊かな国は、新たな時代を象徴する文化の発展に力を入れているからだ。百年、二百年後も残る美術品や建造物を作り、それを守る。そして次代へと続く芸術家たちの育成にも力を注ぐため、王立アカデミーを設立した。

シルヴィオの役職は、代々レオンカヴァルロ公爵家が受け継ぐ特殊なものだ。王城に保管されている美術品の管理を任すには、王家に近い者で信頼があり、芸術の造詣に深いものが好ましい。

芸術については、シルヴィオは母方の祖父の公爵家を受け継ぐ前から王族の教育として一通り受けており、他国の歴史も含めて幅広く精通している。シルヴィオ自身も芸術への関心が高く、まさにこの職は適任だった。

これまでは公爵領の管理は家令のディーノに任せ、一日の大半を城で過ごすという多忙な日々を送っていた。

そのためジゼルは日中シルヴィオに振り回されることなく、のんびり暮らせるだろうと思っていたのだが……、思った以上に彼はジゼルから離れようとしなかった。

「……シルヴィオ様、お仕事はよろしいのですか」

ジゼルに与えられた一室にて、シルヴィオに問いかけた。

「構わない。心配しなくても、ちゃんと必要な仕事はしているからね。今は婚約者殿との距離を縮めることに専念していいと、陛下からも許しを得ている」

「さようでございますか……」

陛下という絶対的存在《パワーワード》を出されたら、もうなにも言えない。

ジゼルは美貌の婚約者が自分の傍にいることが落ち着かないが、そんな緊張感すらシルヴィオを喜ばせている気がする。

この部屋はジゼルの寝室とは別の場所にあるアトリエだ。

部屋の広さはこぢんまりとしているが、備え付けの棚には真新しい筆やパレット、絵の具など、絵描きに必要な道具が一式揃っている。移動式の壁も作られており、そこにキャンバスを掛けて絵が描けるようになっていた。いわばイーゼルの代わりだ。

天才画家と呼ばれているジゼルの父、テオバルドと違い、ジゼルは自分にはあまり画家としての才能はないと思っている。だが才能はなくても自分が楽しむためだけに絵を描くことは好きだ。

ベルモンド家の者ならば、趣味の部屋があった方がいいだろうという計らいから、ジゼル専用のアトリエという部屋が用意された。しかし彼女がこの部屋で創作をしたことはまだない。

換気もできる自分専用の作業部屋を与えられるのは贅沢極まりないが、この部屋で作成するものはもれなくシルヴィオに筒抜けになるので、なかなか創作意欲が湧かないのだ。

シルヴィオは様々な優れた美術品を見て目を肥やしてきた。そんな彼に自分のつたない作品など見せる勇気はない。家族に見せるのは恥ずかしくないが、シルヴィオに見せると思うと途端に恥ずかしさが募る。

――多分、私の日記を見られているのと同じ気分になるのよ。

外見のみならず、精神面でもじっくりねっとり覗かれてしまうような錯覚に陥《おちい》るのだ。

共に育ってきた家族にならば今さらなにを思われても恥ずかしくないのに、自分の内面をさらけ出して作り上げた作品を、異性に見られるのは勇気がいる。

「伯爵家から必要なものがあれば取り寄せよう。ジゼルの作品も運び込もうか？」

「特に気に入っているものはありませんので、お気遣いなく」

——運び込んだら絶対見られるじゃない！

まだ下着を見られた方がマシだ。……いや、どうだろう。下着もドレス同様匂いを嗅がれたらいたたまれないどころじゃない。

なにも作業をしていないのに何故アトリエにいるのかと言うと、好きな画材や道具に囲まれているのが落ち着くからだ。

わざわざシルヴィオまで付き合わなくてもいいが、彼はジゼルがいたいところに自分も付き合うと言って引かない。結果、天井が高く換気もできる、アトリエの隅に置かれた椅子に斜向《はすむ》かいに座るという、どうにも落ち着かない状況になっていた。

——お茶を飲みすぎてそろそろお腹《なか》が苦しい……。なにか会話をしなくては。

しかしなにを話したらいいのだろうか。当たり障りない世間話をしたって続かない。二人の共通点はやはり芸術についてだ。

——でも価値観の違いを目の当たりにしたら、心の距離が縮むどころか遠のきそうだわ……。

内心唸《うな》る。この場にサラもいないのが心細い。

「あの、シルヴィオ様」

「なにかな、ジゼル」

「シルヴィオ様はなにか創作されないのですか。絵とか陶器とか、音楽とか」

なにも考えずに口から出た疑問だったが、そういえば彼がなにかを生み出していたという話は聞かない。芸術に深く関わる仕事に就いているのに。

——むしろ……だからこそ、ご自分では作られないとか？

答えにくい質問だっただろうかと不安を覚えたところで、シルヴィオが口を開く。

「私は特別に好きなものを作らない主義なんだ。自分がなにかを始めたら、きっと次はもっといいものをと思って作品作りに没頭してしまう。芸術の媒体はひとつではないし、やり始めたらとことん追求したくなる。だから職業上、自分の拘りを持ってしまったら他者の作品を公平な目で見れなくなるだろう。だから興味はあってもあえて手は出さない。それに、素晴らしい芸術品に触れていると、自分には到底作れないとも思わされるからね」

知識もあるし関心も深いのに、自分が創作しようとしないのは、なるほどと納得した。仕事で関わっている分、深入りしては公平性が失われる。また、優れた芸術品に触れるうちに、自分の創作意欲は減ってしまう気持ちのどちらも理解できる。

肖像画を描き、その人物の内面の魅力までキャンバスに閉じ込める才に長けている父、テオバルド。人の感情を引きずり出し、魅了する音色を演奏する兄、マルクスに囲まれて育てば、ジゼルは人物を描きたいとも音楽を奏でたいとも思わない。

シルヴィオが管理しているものが、大雑把なくくりで言えば目に見えるもののみならば、それ以外ならどうだろう。

「それでは音楽は？　なにか楽器は弾かれるのですか？　シルヴィオ様が管理されているものは形のあるものだけでしょう」

「私もルランターナの王子として嗜《たしな》む程度にはしてきた。しかし音楽も奥が深いだろう？　だから夢中になる前にいつも止めるんだ。納得する音色を奏でられるまで楽器と向き合いたくなるからね。完璧な演奏を求めてしまい、ずっと没頭していたくなると思う」

「そうなんですね……」

思っていた以上にシルヴィオは完璧主義者らしい。

立場的に忙しい人が創作者になるのは難しいのかもしれない。完璧主義者であればあるほど、納得のいくまで追求したくなる。それが許される人なら幸せだろうが、そうではない人の方が多い。ましてや画家や音楽家として生計を立てられる人でなければ、楽しむ側にいた方がいいのだろう。

「でもシルヴィオ様は美術品も音楽も好きなんですよね？」

いくら立場上必要な知識でも、嫌いな人が舞踏会で出会った少女に丁寧な解説をしてくれるはずがない。下心があるならともかく。

――……あれ、口説く目的だったのかしら？

あの頃から下心があったのだろうか。気になるけれど少々恥ずかしくて訊く気になれない。

「もちろんだ。私が自分で選んで、祖父の職を受け継いだんだ。陛下の命令ではなく。だから心配しなくていい、私はあなたと同じく、美しい芸術を愛している」

「……よかったです」

ぽわっと心の奥が暖かくなった。理由は明確にはわからないけれど、単純に嬉しい。自分と同じ共通点が見つけられたことなのか、シルヴィオの内面を少し知ることができたからか。

——この人はちゃんと敬意を払える人だわ。

投資目的で美術品を購入したり、出世を後押しする芸術家のパトロンになるわけではない。純粋な好意と熱意も持ち合わせている。

音楽も美術品も、その時代を象徴する大事なものだ。芸術の発展は、今あるものを守り未来に繋げ、国の文化を大きく支えている。きちんと敬意を払える人でないと、尊い作品が未来へ遺《のこ》せない。

ジゼルはシルヴィオのことをまだあまり知らない。嗅覚が優れていることと、何故か自分の体臭に欲情してしまうという残念な一面が強かったが、彼の価値観を垣間《かいま》見ることができた。

彼との婚姻は覆せない運命なら、未来の夫とは良好な関係でいたい。

もう少し積極的に相手を知り、そして彼が望むように半年後には恋に落ちる……かどうかまではまだわからないけれど、互いを知るには時間をかけるべきだろう。

「シルヴィオ様。お時間があるようでしたら、今度王都の骨董市に行ってみたいですわ。よろしければ案内していただけますか」

骨董市とは月に二回、王都で開かれる個人商店のことだ。骨董品のみならず絵画や雑貨、ガラス細工、仮面や革細工など、様々なものが売られており常に賑《にぎ》わいを見せている。

その他にも食べ物やワインを出す店があり、王都で有名な市場だ。

「それはもちろんいいが、ジゼルは参加したことがないのか？」

「人混みが苦手なもので……。王都に来たことも滅多にありませんし」

ベルモンド領で開催されるのは、王都と比べて小規模だ。ワインを飲み、領民が奏でる音楽を聴くお祭りになっている。

美術品より実用的な雑貨が多く、唯一誇れるものは宝飾類の豊富さ。ベルモンド領では良質な鉱山があり、そこで採れる宝石を使った首飾りや耳飾り、髪留めが有名だ。採れた宝石を使い、ジゼルの姉イルマが斬新な宝飾品を生み出し人気を集めている。

「愛しい婚約者からの誘いには、どんなことがあっても応えよう」

「いいえ、お忙しいでしょうし、お仕事を優先で大丈夫……」

「ちょうど明日が開催日だったか。それでは明日、めいいっぱい楽しもう」

すかさず手の甲にキスが落とされた。

シルヴィオは隙あれば流れるような仕草で口づけてくる。

今そんな雰囲気ではなかったよね？　と思うときでも、気づけば口説かれるような体勢になっているから油断ならない。

手を握られていると、目の前にあるティーカップや焼き菓子に手を伸ばすことも叶わない。隣に座る男との距離が近すぎてドキドキする。そんな風に触れられると、途端に異性として意識せざるを得ない。

用事があれば近くで待機しているサラがすぐに来てくれるはずだが、もし人払いをされていたら別だ。給仕もすべて自分でやると伝えていそうだと、今さらながらに思う。

「シルヴィオ様、あの……近いです」

「そう？　私はこれでも遠慮しているのだけど」

人ひとり分開いていた距離が縮まった。

長椅子に腰かけているジゼルの隣に、シルヴィオがぴったり寄り添ってくる。

ジゼルが油断している隙に斜向かいから移動して、いつの間にこんな至近距離に……。

握られている手以外からも相手の体温が伝わってきそうだ。布越しとはいえ、太ももがシルヴィオの脚に触れている。

——どうしよう、意識し始めたら途端に心臓が……！

「ジゼル」

「……っ！」

この近さで名前を呼ばれたらたまらないと、ジゼルはじわりと頬が赤くなるのを感じていた。

お願いだから耳元では囁かないでほしい。いや、耳元ではなくても、耳がいいジゼルにはもはや距離など関係ない。

「私を意識しているんだね。可愛らしいな」

握られている指先が持ち上げられて、一番長い中指の爪先をカリッと甘嚙《あまが》みされた。

「――ッ！」

声にならない抗議の悲鳴を上げる。

エメラルドグリーンの瞳を丸く見開き、わななく唇がなにかを訴えようとするが、驚きすぎて声が出ない。

そんなジゼルの様子をじっと見つめたまま、シルヴィオはその繊細で細い指先をぺろりと舐めた。

濡れた唾液と肉厚な舌の感触が直《じか》に伝わり、ジゼルの顔に一瞬で熱が集まる。

「ああ、ジゼルは本当に可愛い……。こうやっていつも私を誘惑してくるからいけない。あなたに出会ってから、私は理性が利かない獣のように飢えてしまう。ジゼルの甘やかな匂いを嗅ぐだけでほら……、ここもこんなになってしまうのだから」

握られた手が導かれた先は、シルヴィオの雄だ。

もっこりと盛り上がったものが視界に入る。指先で感じる硬さに、ジゼルの指がびくっと震えた。

――ひぃ……！

こんなに堂々と紳士が変態行動に出るなんて、眩暈がしそうだ。

男性の股間に触れさせてくるとは、予想外過ぎる。

ジゼルはパクパクと口を開いた。

──悲鳴を、上げるのよ！　誰か来てくれるように！

だが人は驚きすぎるほど悲鳴を飲み込んでしまうらしい。

キャーと叫ぶ瞬間を逃したまま、シルヴィオの行為は大胆になっていった。吐息混じりの艶めいた声にも劣情が滲んでおり、ジゼルの鼓膜をじわじわと犯してくる。

その欲望が自分へ向けられていると思うと逃げ場がない。

「ねえ、ジゼル……あなたのおかげで、私は長いジャケットしか着られなくなってしまった。何故なら丈の長いもので私の股間を隠さないと、あなたが恥ずかしい想いをするだろう？　隣を歩きながらこんなにここを熱く滾らせているなんて、私もジゼル以外に知られるのは少し恥ずかしい」

「今のこの行為自体にも羞恥心を持ってください！」

ようやく声が出せたが、いささか本音が出すぎてしまった。

しかし言ってしまったものは取り返せないので、ジゼルは開き直ってシルヴィオを強気に睨《にら》み上げ……サッと視線を逸らした。

──煌びやかな美貌に拍車がかかってる……！

怖い。あの瞳に見られているだけで妊娠しそうだ。しっとりと濡れた双眸《そうぼう》が妖しく光っている。

いつぺろりと食べられてしまうかわからない、捕食者に隅々まで観察されている心地になった。

「おや、どうしたんだジゼル。あなたから私を熱く見上げてくれたのに、何故視線を逸らしたんだ」

「シルヴィオ様の美貌が眩《まぶ》しすぎて……」

本能的に察知した危機感までは制御できない。

シルヴィオの視線に込められている欲望がより深まった。

とろりと見つめられれば、大抵の女性は頬を染めて恥ずかし気に俯《うつむ》くだろう。ジゼルも咄嗟に頬を染めればよかったのかと思い至ったが、自由自在に顔色を変えることは難しい。

シルヴィオの笑みが深まるほど、ジゼルの危機感が高まって来る。

——初恋もまだなのだもの。恋愛の経験値は低くて当然だし、全然わからなくても仕方ないわ……。

色香をあまり無駄遣いしないでほしい。抑えられない情欲はその視線や吐息から嫌でも伝わって来る。

熱く滾っているシルヴィオの欲望が硬さを増したような気がして、ジゼルはハッとした。指先は未だに雄の象徴を触れさせられている。

自分の急所に触れさせるというのは、相手を信頼し慕っているからという解釈もできるが、そこまで深く考えることはないだろう。

ジゼルは思いっきり手を振り払った。直後にシルヴィオから距離を取った。

人ひとり分しか動けないが、それでも少しは冷静になれる。

「シルヴィオ様が欲望に従順な方とはわかりました。でも、私たちはまだ正式な夫婦ではありません。婚約したばかりですし、節度ある距離感が大事で……」

「無理だな」

話の途中できっぱりと断られてしまった。ジゼルは口許を引きつらせる。

「私はジゼルの心を私でいっぱいにしたい。誘惑して口説き落として、あなたに恋心というものを芽生えさせてドロドロにさせたい」

「ちょっと最後のは聞かなかったことにしたいです」

ドロドロというのがなにを思っての台詞か、深く考えてはいけない気がする。

「言っただろう？　あなたは私に恋をすればいいと。私はジゼルを手放すつもりもなければ、逃げ出すことも許さない。私をこんな風にさせるのは、あなただけだ」

――ひええ……っ。

こんな風に言われると、先ほどまで触れていた硬い感触が蘇ってしまう。

ジゼル以外に欲情しないし、ジゼルの匂いがとても好きと言われても、嬉しさより戸惑いの方が強い。

こんな男性の生理現象を目の当たりにさせられて、挙句《あげく》恋心は肉欲と直結しているのだとでも言いたげな物言いは、紳士として疑問しかない。

手を取られないようにと、ジゼルは両腕を胸の前に引き寄せた。

「この状態で大丈夫と言っても信用ならないが、私はこの場であなたに襲い掛かるつもりも、純潔を無理やり散らすこともしない。ただ私を男として意識してほしいし、ジゼルにだけ欲情するのだと覚えていてほしい」

「そんなの覚えたくないです……」

あなたにだけ性的に興奮しますと言われて、嬉しいと思える乙女が存在するのだろうか。シルヴィオは数多くの女性の心を摑んできたはずなのに、どうも情緒というものが欠けている気がする。

布越しとはいえ男性器に触ったドキドキ感が残っているが、それだけではないことも薄っすらと気づいていた。

——先ほどからもうずっと、身体が少し熱い。

シルヴィオの僅かな吐息すら拾ってしまうほど、聴覚が鋭い己の耳が少し憎い。すぐ近くにいる相手の些細な動きも敏感に感じ取ってしまう。

「ジゼル、私に顔を見せてほしい」

「……っ」

俯いていた顔を上げるように懇願される。その声にも色香が混ざっていて、名前を呼ばれただけで心臓が大きく跳ねた。

やはり間違いない。シルヴィオの声に胸がドキドキしている。しかもお腹の奥がずくんと疼くようなムズムズ感まであり、身体がじんわりと熱を帯びてきた。

——まさか私、シルヴィオ様の声に身体が反応しちゃってる……？

普段話しているときも素敵な声だとは思っていた。胸がドキドキするのは、慣れない距離感の所為もあると思っていた。

しかし色香が混じるシルヴィオの艶めいた声を聴くと、胸の鼓動は激しさを増し、お腹の奥がきゅうんと存在を訴えてくる。錯覚だろうと思い込むことも難しい。

――なんでこんなことが……！

今まで特定の人物の声にドキッとすることなんてなかった。シルヴィオの美声だけが特別だなんてありえないと思いつつも、身体の変化は無視できない。

落ち着きを取り戻すために、ジゼルは席を外すことにした。

「あの、お花を摘みに……！」

ひとりになれる場所を求めて勢いよく立ち上がった瞬間、右足の重心が揺れて身体がぐらりと傾いた。

「キャ……ッ」

座っていた場所に倒れそうになる。

ジゼルのふらついた身体を支えたのは、もちろん傍にいたシルヴィオだった。

「急に立ち上がったら危ないよ、ジゼル」

「……っ」

先ほどよりも身体が密にくっついている。

力強く抱きしめられたまま耳元で囁かれ、ジゼルは耳まで赤くなった。下腹がふたたびきゅうん……ッと収縮している。身体の異変を自覚して涙目になる。

「ジゼル？」

「っ、大丈夫です、ごめんなさい」

くっついている身体を離そうとシルヴィオの胸元をグイッと押すが、抱きしめられている力の方が強くて引きはがせない。

「シルヴィオ様っ」

彼はジゼルの訴えに気づかないふりをした。

「本当に、ジゼルはとても抱き心地がいい。私の胸にすっぽり入る。……私以外の男も魅了したらどうしようか」

抱きしめられたままスッと頬の輪郭を指先で撫でられた。ゾクッとした震えが背筋をかける。

シルヴィオの鼻先が頭頂部に当たった。生暖かい息がかかり、頭の匂いを直に吸い込まれているのだと察すると、とてつもない羞恥に襲われた。

――頭の匂いなんて、自分で嗅げないものを…………！

「シルヴィオ様、離れて……」

「ねえジゼル。ジゼルは私の〝声〟が好きだよね。なんて囁かれるのがいいんだ？」

「ッ！」

意地の悪い質問に、ジゼルの肩がぴくんと跳ねた。

シルヴィオが喉の奥で愉悦を含んだ笑い声を漏らす。

その低い笑い声は不穏な気配を漂わせているのに、体温は上昇し、下腹の奥がまたまた反応してしまうのだから困りものだ。

「そ、そんなシルヴィオ様の声が特別好きとか、囁かれたいなんて思ってな……」

「本当に？」

耳元で低く囁かれ、一瞬でジゼルの目に薄っすらと膜が張った。そんな声を鼓膜に吹き込んでくるなんてと、恨みがましく睨みたくなってしまう。潤んだ瞳で睨んでも、ささやかな抵抗にすらならないだろうが。

ジゼルの初々《ういうい》しい反応は、シルヴィオの悪戯心に火を付けたらしい。形のいい耳にそっと唇を寄せて、シルヴィオがジゼルの耳殻をぺろりと舐めた。

「～～～っ！」

「ああ、ジゼルは本当に愛らしい。ますます好きになってしまう」

抱きしめられたまま「好き」と言われて、いっぱいいっぱいだったジゼルの許容範囲は限界を超えた。

熱にあてられたように身体が火照り、ジゼルはそのまま意識を手放してしまった。

目が覚めたとき、ジゼルは自室とは違う寝台に寝かせられていることに気づいた。

壁紙は淡いクリーム色で、寝台も大人が三人は寝られるほど広い。

その中央に寝かせられていることに首をひねる。日は随分と傾いているようだ。目が覚めたジゼルに、近くにいたシルヴィオが声をかけてきた。

「具合は大丈夫？　突然倒れたから心配した」

「はい、大丈夫です。ご心配おかけして申し訳ありません。……あの、ここは？」

「ああ、今夜からここがジゼルの寝室だよ」

「え？」

「私と同じ寝室だ」

「ええ？」

「やはり婚約者との距離を縮めるためには、寝室を共にするのが一番早いだろう」

「……ッ‼」

シルヴィオがジゼルの部屋を移動させたのだと聞くと、ふたたび意識が遠のきそうになった。

「ご、強引すぎます！」

「それは今さらだと思うから諦めて」

——婚約直後にここに住まわされている時点で、確かに今さらだけど！

ニコニコ笑う麗しの公爵が少々憎たらしい。ジゼルはふと、自分の服が着替えさせられていることに気づいた。

「あれ……いつの間に着替えを……」

気絶する前までは、アトリエにいたはずだ。動きやすく汚れも目立たないドレスを身に着けていたが、今はネグリジェを纏っている。

外は夕暮れ時とはいえ、夜にはまだ早い。随分ゆっくり寝入ってしまったらしいことにも驚くが、嫌な予感がして脈拍が早くなる。

——大丈夫よ、きっとサラが着替えさせてくれた……。

「私が着替えさせたよ。そのままだと寝心地が悪いだろう」

ジゼルの思考を読んだかのように、シルヴィオが答えをくれた。とても嬉しくない。

柔らかな素材のネグリジェは、生地が薄くて身体の線がしっかり見えるものだ。胸の締め付けも感じられず着心地がいい。そして薄い衣の下に着ているのは、パンツのみ。

言葉にならないなにかが、ジゼルの中を駆け抜ける。

「～～～‼」

思わず枕をシルヴィオに投げつけようとして、なけなしの理性がその衝動を留めた。仕方なく、ジゼルはギュッと枕を抱きしめた。

「見たんですね、私の裸……！」

「もちろん。私はジゼルの婚約者だからなんの問題もない」

「大ありです！　私は、一応これでも、お……、乙女なんですよ！」

いろいろと知識が増えてしまっているが、ジゼルはまだ乙女だ。乙女心も残っている。

一瞬ためらってしまったが、純潔の乙女だというのは間違いない。

シルヴィオは笑顔でジゼルが抱きしめている枕をやんわりと取り上げた。

「抱き着くなら私に抱き着けばいい。ジゼルが乙女なのはもちろん知っている。私はジゼルの肌を見たけれど、決して悪戯はしていないと誓《ちか》おう」

「悪戯……」

何故かシルヴィオが言うと、卑猥《ひわい》な表現に聞こえる。もちろん、卑猥な意味で言っているのだろうが。

「反応がないときに気持ちよくさせても、虚しいだけだろう。私はジゼルが可愛く悶える姿が見たいし聞きたいのだから、眠っていたら意味がない」

目覚めるのを待っていましたと言わんばかりに、シルヴィオの手が妖しく動き出した。

胸元のリボンを解かれ、あっけなく肩が露出される。

「ひゃあ⁉」

するりと手が動き、胸も露《あら》わにさせられた。鮮やかすぎて、一体なにが起こっているのか理解が追いつかない。

――悪戯はしていないって誓っても、これからするんじゃ意味がない……！

「大丈夫、痛いことはしない。ただ、私にもっと慣れてほしいだけだ」

「ンーッ！」

身体がシーツに沈む。

上から覆いかぶさるようにシルヴィオがジゼルを押し倒していた。両手の指を絡め、唇を合わせてくる。　はじめて異性とキスを経験したが、まさかこのような肉欲溢れる状況でされるとは。

――はじめての口づけは、夕日が綺麗な丘でとか思っていなかったけれど、胸を晒した状況でされるとも思っていなかった……！

薄く開いた口内に肉厚のものが差し込まれて、胸が大きく脈打った。

シルヴィオの舌が攻め入っている。ジゼルの口内を蹂躙《じゅうりん》し、互いの唾液が否応《いやおう》なしに混ざり合う。

唇が触れ合うだけがキスだと思っていたわけではないけれど、初心者にいきなり深いキスをするなんて、という批難めいた感想が込み上げる。

強制的に官能が高められ、淫靡《いんび》な心地にさせられる。

「あ……、んぅ……ッ、シルヴィオ、さま……っ」

――息ができなくて苦しい……。

酸欠で頭がクラクラしそうだ。

リップ音を奏で、シルヴィオが僅かに唇を離した。

「大丈夫、鼻で息をするんだ」

そう助言を呟き、ふたたび濡れた唇が合わさってくる。逃げる舌も執拗《しつよう》に追いかけられ、逃げ場が見当たらない。

ジゼルは言われた通りになろうと鼻呼吸を繰り返すが、頭に血が上っていた。逃げるのを止め、シルヴィオの舌の動きに合わせていると粘膜が擦れ合い、少しずつ気持ちいいと思えて来る。

——キス、好きかも……。

ぼうっと夢見心地になる。その隙に、シルヴィオはジゼルの肩から胸に手を滑らせ、柔らかな双丘をふわりと掌で包み込んだ。やわやわと揉《も》まれていくうちに、胸の頂《いただき》が存在を主張する。

「ん……、ああ……」

「そう、私が与える熱に慣れて」

怖くないのだと言うように、甘い囁きが鼓膜を震わせた。

触れられることに慣れてほしいという、シルヴィオの願いを聞き入れることはできるかわからないが、彼の体温を直に感じることは嫌ではない。

肌を滑る手の熱が心地いい。

ジゼルがとろりと快楽に流され始めているのを、シルヴィオは見逃さない。

雄を誘う赤い実をキュッと摘まみ、指先でコロコロと弄りながら、ジゼルの吐息が甘く変化するのをじっと見つめていた。

「ジゼル……ここを触られるのは気持ちいい？」

「ふ……んん……」

小さく頷いたのを見て、シルヴィオの笑みが愉悦に染まる。

「もっと気持ちよくなりたいよね」とジゼルを誘惑してきた。彼の指先が素肌を滑り、ジゼルの秘められた場所へ辿《たど》り着く。

「ああ、よかった。きちんと感じてて」

シルヴィオの指が、濡れた布地の上をスッと撫でた。あらぬところに触れられて、ジゼルの腰がぴくんと跳ねる。

――な、なに……あ、ダメぇ……。

ぐちゅりと水音が響いた。先ほどの唾液音とは違う、粘着質のある水音だ。自分の下肢から聞こえてきたのを悟り、耳を塞ぎたい心境にさせられる。

「一度達してみようか」

シルヴィオはジゼルの耳元で囁いた。

不埒な指先がジゼルの花芽を捉え、布地の上からグリッと刺激する。その瞬間、ジゼルの視界がパチパチッと弾けた。

「アア――……ッ！」

艶めいた嬌声《きょうせい》が響く。その様子を、シルヴィオがうっとりと見つめながら、ジゼルの濡れて使い物にならないパンツに触れていた。

「うまく快楽を掴めたかな。ああ、これはもう邪魔だから替えのものを持ってこよう」

くったりと身体を寝台に沈めたまま、ジゼルはシルヴィオがなにをするのか予測がつかない。

濡れたタオルであらぬところを拭かれ、あまつさえ替えのパンツまで持ってこられたときは、ふたたび気絶したいと心底思った。

第三章

レオンカヴァルロ公爵領は王都と隣接している。

公爵領から王都に行くのも馬車でそれほど時間がかからない、仕事で王城から帰るのも苦にならない距離だ。

シルヴィオは仕事で忙しいときは王城にある自室に泊まり込むが、ジゼルがやって来てからは国王フェルディナンドの采配で、随分と負担を減らされている。

シルヴィオが登城しなくてもいいよう、彼の署名が必要な重要書類のみシルヴィオの部下がアザレア城まで赴くことになっていた。

王城では、レオンカヴァルロ公爵がようやくできた年下の婚約者に惚れこんでいるという噂が流れている中、アザレア城では賑やかな朝を迎えていた。

「──シルヴィオ様！　起きてくださいっ」

「……ジゼル？　まだ起きるには早いよ……」

眠りの世界から一瞬戻って来たが、シルヴィオはすぐにふたたび寝入ってしまった。

規則的な寝息を間近で聞きながら、ジゼルは涙目でシルヴィオを睨む。

――私、なんで裸のシルヴィオ様に抱きしめられて寝てるの……！

ジゼルは決して了承したわけではないが、気絶している間に私室に使っていた部屋を移動させられていた。しかも場所はシルヴィオの部屋の一番奥だ。

とても不便なことに、ジゼルの新しい部屋はシルヴィオの部屋を通り、寝室に繋がる扉を開けたさらに奥にある。シルヴィオの私室から扉を二枚開けるとようやくジゼルの部屋に辿り着くわけだが、ジゼルの部屋からは外に出る扉はない。

夫婦が共に過ごす寝室は互いの部屋の中間に位置している。浴室も寝室から繋がる扉にしかないので、夫婦共有だ。

明らかに囲い込まれていると思わざるを得ない状況に、ジゼルはシルヴィオの本気を知った。

サラがこっそりと、ディーノと一緒に苦言を呈して考えさせようとしたのだが、頑として譲らなかったと謝られた。

きちんと主人を諫《いさ》めてくれた二人には感謝しかないが、結果はシルヴィオの思い通りになってしまった。笑顔で独断を押し通したのだろう。怖い。

サラは、『あまり刺激的ではない寝間着を用意しますから！』と意気込んでくれたのだが、簡素な寝間着だろうが悩殺的だろうが、シルヴィオには無関係な気がする。何故ならなにを着ていても、シルヴィオは肯定的なことしか言わないからだ。

――この部屋へ移ったのも渋々納得したけれど、こんな風に抱きしめながら寝ていいなんて言ってないわ……！

すでに肌を晒し、あらぬところにも触れられて流されてしまったが、毎晩そういうことをしていいとは言っていないし、ジゼルの貞操感はしっかりしている方だ。自分から強請《ねだ》ることも決してないと断言できる。

シルヴィオの上半身が裸というのは、乙女には刺激が強すぎる。

ジゼルはちらりと自分の身体を確認し、足首まであるネグリジェをきちんと纏ったままだったことに、安堵《あんど》の息を吐いた。意識のない彼女に悪戯をするつもりはないというのは、信じていいらしい。

しかし、寝る直前まではシルヴィオも寝間着を着ていたのに、何故今の彼は上半身が裸なのかさっぱりわからない。下はどうなのか気になるところだが、それを確認する勇気もない。

――中央に置いた枕はどこに行ったのかしら……。

寝台の真ん中を二分割するように大きなふかふかの枕を三個置き、きちんと婚姻するまではこれらを置いたまま寝ることをシルヴィオに納得させたのだが……早速それが破られている。

寝相が悪くて落としてしまったのだろうか。自分が無意識に蹴ってしまった可能性も捨てきれないので、シルヴィオのみを責められない。

がっしりと抱きしめられていて身体が痛い。皮膚から伝わって来る温《ぬく》もりはシルヴィオのものだと思うと、変な動悸《どうき》がしてくる。

すべすべの素肌は程よく筋肉がついており、抱きしめている腕も鍛えられている。ちらりと目線を上げると、シルヴィオの寝顔が視界に入った。

「……っ！」

ジゼルは息を呑んだ。

寝顔を堪能できる人間は滅多にいない。

三十歳を過ぎてますます美貌に拍車がかかっているとの噂はその通りだ。

髪と同じ金色のまつ毛は豊かにシルヴィオの目を縁取り、普段はきりっと上がっている眉も寝ている今は少し下がっている。

スッとした鼻梁《びりょう》はまっすぐで、顎も割れていない。

顔のパーツのひとつずつが精巧な職人が作り上げたかのよう。それらが完璧な位置に配置され、端整な美貌を作り上げているのだと思うと感嘆とした息が漏れる。

——本当、男性的なフェルディナンド陛下とは顔立ちが違って美しいわ……。

美丈夫というより美男子だ。髭《ひげ》も少し伸びているが、気になるほどではない。筋骨隆々とした騎士のような男性は少し威圧的で苦手だが、シルヴィオのような物腰の男性の方が近づきやすい。

男も女も恋多き者が多いのがルランターナの国民性だが、ジゼルはあまり恋愛事に関心はなかったため、自分の好みの男性像を考えたことがなかった。

――好きか嫌いかで言ったら、シルヴィオ様のお顔はとても美しくて好きなのよね……。

ジゼルは芸術を愛している。美しいものが好きだし、美しい人も好きである。

顔の美醜に拘りが強いわけではない。普通と言える自分の顔も、華やかな美貌を持たない人間の顔も、人それぞれ人間的な魅力に溢れていて味わいがあるものだ。

だが結婚するなら、好みの顔じゃない男性より、少しでも好みな顔の人が見ていて楽しいだろう。

高位貴族ならまだ政略結婚の可能性もあるが、ベルモンドは伯爵家だ。テオバルドも祖父母も、恋愛結婚をしている。

代々ベルモンド家は政略婚をしない傾向にあり、己の伴侶は己で見つける者たちが多い。一芸に長けている一族はそれぞれ拘りも個性も強いのだろう。

だがジゼルには男女の好きという感情がよくわからない。

――こんな風に触れられるのは心臓に悪いし困るけれど、気持ち悪さは感じないし嫌じゃない……。

強引に自分の内側へ入り込むシルヴィオに振り回されているが、戸惑いが強いだけで嫌悪感などはないのだ。

まだ婚約したばかりで自分の気持ちにも整理がついていないが、きっとそのうち答えは見つかるだろう。

未来のことよりも今の問題を片付けるべきだと判断し、ジゼルはシルヴィオの腕の檻から抜け出す方法を考え始めた。

◆◇◆

シルヴィオはジゼルとの約束を守り、二人で骨董市に来ていた。王都まで馬車で向かったが、想像よりも早く到着した。

王都の中心部にある広場は、東西南北に道が広がっている。その大通りにずらりと路上商店が並ぶのが王都の観光名所のひとつだ。

北は陶器、ガラス細工などの焼き物街。南は絵画を扱う絵《え》描街《かきがい》。東は鉱物、宝飾品を扱う宝飾街《ほうしょくがい》。西は革細工や靴、帽子などを扱う革細工街。

そしてこのすべての通りには軽食として人気の屋台が出ており、ワインも飲める。

月に二回開催される市は骨董市と呼ばれている。かつては数店舗の骨董店が合同で開催していたものが観光名所にまで発展し、その名残から来ていた。

この日のジゼルは、歩きやすいショートブーツとくるぶし丈の簡素なワンピースを着ていた。市井の娘が着ているような一般的な服装だ。自分でも納得がいくほど、地味な装いが良く似合う。

シルヴィオは焦げ茶色の鬘と、それが簡単に脱げないよう帽子もかぶっていた。甘やかな顔立ちは一切変わらないが、金髪ではないだけ煌びやかさが薄れている。

「ジゼル、ここでの楽しみ方はワインを飲みながら歩けるところだ。まずはグラスを買おう」

シルヴィオがジゼルの手を握った。人混みの中でもはぐれないためなのはわかるが、いきなり手を握られてドキッとする。

二人はワインの露店にて、グラスを二つ購入した。

「これをずっと持っていて。飲み終わったらワインのみ注《つ》ぎ足してもらえばいい」

「ありがとうございます」

このグラスも記念品としてもらえるらしい。値段も手ごろで、一般市民向けに配慮されている。

赤ワインをグラスの半分ほど注いでもらい、その代金をシルヴィオが支払った。

ジゼル自身もお小遣いを多少持ってきているが、彼女が自由に扱えるお金は少ない。なにせ衣食住に困らず、必要なものは家の者に告げれば用意されていたので、特にお金を持つ必要がなかった。

――こうやって街に行くこともあまりなかったし……。

再度シルヴィオに礼を告げると、彼は目尻を下げて空いている手でジゼルの腰を抱き寄せた。

「欲しいものがあったら私に言うといい。遠慮は無用だ」

「……それではお言葉に甘えて、気になるものがあったらシルヴィオ様にお聞きしますね」

この場で目玉が飛び出るほど高価なものは置いてないだろう。

ジゼルの返答にシルヴィオは少し首を傾げて、なにかを考え始めた。

自分はおかしなことを言っただろうか？　と考えながら注いでもらったばかりのワインを一口飲む。

「ねえジゼル。ここでの私のことは、エミリアーノと呼ぶようにしよう」

「え？　名前ですか」

「そう、私の名前で万が一他の者に気づかれたら厄介だろう？　それとジゼルの口調もやや硬い」

「硬い……」

シルヴィオの名前を呼んで周囲に公爵がいることがバレるのは、確かによろしくない。

せっかく変装までしているのに台無しだ。

だが口調までも硬いと指摘されるとなると、ジゼルは少々困ってしまう。

「今の私たちはもう少し恋人らしく見えないと、この場には馴染めない」

シルヴィオにうまく丸め込まれている気もするが、その理由に頷く。一般市民に紛《まぎ》れて恋人たちに見られた方が安全でもある。

「わかりましたわ、気をつけます、エミリアーノ様」

「様もいらないな、エミリアーノでいい。それと、あなたもエヴェリーナと呼ぼうか」

「いえ、私はどちらでも……」

ジゼルと聞いて、ベルモンド家の第三子を思い浮かべる人間は少ない。それによくある名なので、名前の判断はシルヴィオに任せることにした。

「どこから見たい？　リーナ」

シルヴィオは愛称で呼ぶことにしたらしい。少し慣れない呼び名だが、これはこれで新鮮でいいかもしれない。少々くすぐったくもあり、開放的な気分にもなる。

「では、このまま北通りから行ってみたいですわ」

比較的人も少ないので、二人は北に向かって歩くことにした。

北はガラス細工や陶芸品などの壊れものを多く扱っている。周囲に気を配りながら歩かなくてはいけない。

ワイングラスを片手で持ちつつ、ジゼルの反対の手はシルヴィオに繋がれていた。

自然と手を拘束されて、内心唸る。何度も思ったことだが、やはりシルヴィオはとても女性の扱いが手練《てだ》れている。

エスコートもさりげなく人にぶつからないように誘導するし、歩く速度も自分に合わせてくれる。その優しさをいくつも見つけてしまい、珍しい工芸品を眺めながらも神経は繋がれている手に集中してしまった。

「リーナが好きそうな店があるな」

言われた店に視線を移す。そこにはガラスで作られたペンや香水瓶を飾っている店があった。

色鮮やかな香水瓶は大小様々な大きさがあり、丸みを帯びた曲線が美しい。

ガラスペンはインクも一緒に売られている。こちらは女性向けではなく男性向けの商品が多い。

「綺麗……」

中でもジゼルの気を引いたのは、持ち手がガラスでできた絵筆だ。木材を用いることが多いが、筆の軸がガラスで作られているものは珍しい。

筆先の毛質は適度に柔らかくてこしがある。絵の具を程よく吸収し、かつ滑らかに描けることだろう。

「ガラスで作られた絵筆ははじめて見ましたわ」

「最近流行《はや》り出したらしい。実用性重視の画材にも、遊び心をという若い職人が出てきたのはいいことだ。きっかけはなんであれ、今まで絵筆にも触れたことがなかった人が芸術に興味を持つのは喜ばしい」

「そうですね」

伝統と格式を重んじる高位貴族は新しいものを厭《いと》うこともあるが、シルヴィオをはじめルランターナの王家はとても寛容だ。いいものはいいと認め、遊び心も楽しんで受け入れる。

積極的に新しい変化を取り入れるからこそ、文化の発展にも繋がり周辺国から一目置かれているのだろう。

「他に気に入ったものはある？　記念に購入しよう」

——なんだかシルヴィオ様って、孫を溺愛するおじいさまみたい……。

すぐに買ってあげるというのは、嬉しいけど甘やかしすぎだ。

大きさの違う絵筆もいくつも選びだしたのを見て、ジゼルは咄嗟に彼を止めた。

「あっ、待ってエミリアーノ」

——あ、咄嗟に呼び捨てにしてしまったわ。

お願いされていたことだが、不敬だという自覚がある。慣れない呼び方にも気恥ずかしさが混ざる。

シルヴィオはそんな彼女を見下ろし、嬉しそうに微笑んだ。

「うん、どうした？」

「……あの、あまり私を甘やかしすぎてはダメですよ？」

「何故？　愛しい人を甘やかすのが私の楽しみなのに」

蜜を混ぜたような甘い声音が鼓膜を震わす。腰から力が抜けそうになったのを感じ、両足に力を入れた。

——駄々洩《だだも》れの色気は禁止！

自分だけではなく、周囲にも影響が出てしまう。顔を隠す帽子と焦げ茶色の鬘をかぶっていても、声までは隠せない。声から滲み出る隠しきれない色香もどうにかしないと、彼の声を意識した途端自分の身体も困ったことになってしまうのだから。

――ここからも早く離れた方がいいわ。

ならばシルヴィオを納得させるため、気に入ったものを購入してもらおう。

「っ、では、この絵筆をお願いします」

ジゼルが手に取っていた絵筆をシルヴィオに渡す。彼もそれをじっくりと観察し、一言「いい筆だ」と呟いた。そのまま店主に包装を頼み、代金を払う。

「ありがとうございます」

「どういたしまして。それを使ったリーナの絵を楽しみにしてるよ」

自分の絵は家族以外に見せたことはない。家族は独創的だと褒めてくれるが、それはベルモンドの人間だからだ。一般的に受け入れられる作品が描けるかはわからないが、きっとシルヴィオは作品を否定することは言わないだろう。

「はい、楽しみにしててください」と言い、ジゼルは微笑んだ。

広場に戻り、二人は南通りへ歩いて行く。そこの通りの両脇には、似顔絵を請け負う店や絵画を売る店がずらりと並ぶ。

「わあ……すごいいっぱい」

貴族の屋敷に招かれれば有名画家の絵が飾られているが、歴史的な価値がある作品とここで売られているのはまた違う。

斬新な筆遣いの絵画や、将来有名になると思わせるものまで、自由な思想で描かれることが多い。売れる作品は宗教画や写実的に描かれる絵姿が未だに多いが、近年では風景画の人気も高まっていた。

見たこともない景色がキャンバスに閉じ込められている。立体的で奥行きを感じられる作品に魅入られるように、ジゼルはじっくりと様々な画風を堪能した。

「あなたは本当に絵が好きだね。私が次に登城するときは、王家の美術館にも連れて行こうか」

「……！　嬉しい、ありがとうございます」

パッとシルヴィオに喜びの笑みを見せると、彼は少し困ったように眉を下げて視線を逸らした。

「人目を気にせず、抱きしめたくなるな」

「……！」

「目立つ行動はしないよ。今は、ね」

まるで二人きりになったら存分に抱きしめてあげると言われている気分になり、ジゼルは無言のまま頬を赤くした。

アザレア城に到着したのは、夕焼けが空を染め始めた頃。赤と橙《だいだい》色に紫が混じり、やがて濃紺に変わる。

空はその表情を常に変化させる。一日として同じ色合いにはならない。

その色の移ろいを見るたびに、ジゼルはどうやったら空をキャンバスに閉じ込められるのかと考えてしまう。色の再現は難しい。

「ジゼルお嬢様、そろそろ夕食の支度が整います。お召し物を着替えましょう」

「ありがとう、サラ」

昼間身に着けていたワンピースを脱ぎ、サラが用意したドレスを身に着ける。公爵家で用意されていたドレスのひとつだ。

髪色が暗いからか、サラはよく華やかな色のドレスを勧めてくる。今のドレスも明るい菫《すみれ》色だ。

「そういえば明日の午後、ジゼル様のドレスの採寸をしに、王都で人気な仕立て屋がいらっしゃる予定ですよ」

「え？　私のドレス？　もうたくさんあるし必要ないわ」

クローゼットにはまだ袖を通していないドレスがある。今のままで十分だと伝えるが、ジゼルの髪の毛を整え始めたサラは首を横に振った。

「婚姻式のドレスの準備も始めなければいけませんし、王家主催の舞踏会もありますからね。早めに仕立てておかないとと、ディーノ様からも言われております。ここの仕立て屋は半年先まで予約で埋まっているんですが、たまたま空きができたとの連絡を受けまして、すぐに申し込んだのですわ」

「へえ、すごい人気なのね……」

流行に敏感なご婦人方の心を摑む仕立て屋とは、どんな人たちなのだろう。少しだけ興味が湧くが、本音を言うと豪奢なドレスよりも動きやすい簡素な服の方が欲しい。

ベルモンド家では自由な服装が許されていたのだ。

夕食前の支度を済ませ、ジゼルの部屋から寝室を通り抜けると、シルヴィオの部屋に行きつく。執務机に座っているシルヴィオと目が合った。

先ほどまで目立たないための鬘をかぶっていたが、やはり彼には金色の髪が良く似合う。華やかさが倍増されて目にとても眩しい。

「支度が終わったのか。その菫色のドレスもよく似合う。もうお腹は減った？」

「ありがとうございます。食欲はあまり感じていないかもしれません。いろいろ食べすぎてしまったのかと」

ワインを飲みながら屋台の軽食を食べたのだ。歩きながら食べるという体験ははじめてだった。素朴な揚げ芋も、食べ歩きをするとおいしさが増した。

新鮮な経験をたくさんできて楽しい一日だった。思い返すだけで自然と笑みがこぼれる。

そんなジゼルを見つめながら、シルヴィオは柔らかく眦《まなじり》を下げた。

「そうだと思って、夕食は軽いものにしてもらうよう言っておいたんだ。もし夜遅くにお腹が減ったら夜食を作ってもらうといい」

「いえ、夜食までは大丈夫ですわ。お心遣いありがとうございます」

わざわざ手間をかけさせるのは忍びない。それにジゼルは食いしん坊ではないので、少し小腹が減ったくらいでも我慢できる。趣味に没頭するあまり食を疎《おろそ》かにしてしまう人間の典型でもあった。

「ジゼル、昼間にも言ったけれど、私はもっと楽に話してもらいたいんだが」

強制するものではないが、と付け加えられたが、口調を変えるのはなかなか難しい。

今も自分では普通のつもりだが、シルヴィオは少々不満のようだ。

「ジゼルには兄がいたね。たとえば私を兄と思って接してみたら、もっと気楽に話せるんじゃないだろうか」

「シルヴィオ様は私の兄になりたいのですか？」

自由で型破りな性格のマルクスを思い出す。

「……いや、そうではない。あなたの兄上と同じくらいの信頼は得たいが、兄と思われて安心感を抱かれるのはまた違う」

「安心感ですか」

――危機感を感じる方が多い気がするわ。

今のところシルヴィオに抱く気持ちに安心感はあまりない。ドキドキさせられることが多く、困らせられるし落ち着かない。

普通の日常会話なら大丈夫だが、距離が近づくと、シルヴィオの行動と吐息に意識が集中してしまうのだ。耳に直接吹き込まれるような声にも耐性が必要である。

「旦那様、ジゼル様。そろそろ食事の準備が完了している頃ですので、移動をお願いいたしますわ」

サラの言葉に二人は食事に呼ばれていたことを思い出した。

「そうだな。ジゼル、食事にしよう」

「はい、シルヴィオ様」

サラが扉を開けて待っている。

いつもならシルヴィオがさっと手を出してエスコートをしてくるが、彼は大胆にもジゼルの腰に手を回した。

「あの……少々歩きにくいのですが」

「私が支えているから大丈夫だ」

腰を抱かれたことは何度かあったが、ジゼルは何故だかいつも以上にそわそわと落ち着かない気持ちになった。

やはり安心感など、シルヴィオに抱けるはずがなかったと再認識したのは、その日の晩のことだった。

◆◇◆

湯浴みを終えて寝室に入ると、すでにシルヴィオも就寝の準備が整っていた。

一体いつまで貞操は守れるのかとひやひやしつつも、ジゼルはシルヴィオに近づいた。

「ジゼル、おいで。湯冷めしてしまうよ」

「寒さには強いので大丈夫ですが……シルヴィオ様、昨晩も寝間着を着ていましたよね。でも今朝は脱いでいらっしゃいませんでしたか」

寝る直前まできちんと寝間着を身に着けていたのを覚えているのに、今朝は上半身裸のシルヴィオに抱きしめられていた。男性の素肌を顔で感じながら目覚めると思ってもいなかったため、急な肉体的な触れ合い《スキンシップ》は心臓に悪い。

「どうも私は、寝ているときに脱いでしまう癖があるようだ」

「寝ているときに？」

「そう、気づくと裸になっている」

「気づくと裸……」

実にいい笑顔で脱ぎ癖があると報告され、ジゼルの頬は引きつった。嗅ぎ癖だけでなく脱ぎ癖まであるとか、性癖が多すぎて反応に困る。

いろいろされているとはいえ、ジゼルはまだ乙女。かろうじて乙女なのに、就寝中に裸になってしまう男と同じ寝台で寝るのは、やはり危機感しかない。

「確認ですが、それは無意識のうちにってことですよね」

「そうだね、私も寝ているから自分の意志ではない。でも昨晩は上しか脱がなかったから、きっと私も配慮したんだと思う」

「でもそれはたまたまであって、全部脱ぐ可能性も捨てきれませんよね？」

「……」

無言のまま笑みを深められた。瞬時にジゼルは寝室の扉を開けて、サラかディーノに身の危険を訴えたくなった。

「や、やっぱり婚約中の身で同じ寝台はふしだらかと！　慎むべきですわ、シルヴィオ様」

「この国では婚約中に肌を重ねることは珍しくない」

「まだ重ねてませんよね⁉」

「そうだね、まだ……ね」

艶然と微笑む彼が恐ろしい。

数多の女性との逢瀬《おうせ》を経験してきた色男と、まるで恋愛経験のない出がらし令嬢とでは対等に渡り合えない。

――ど、どうしよう……！

自分の匂いに欲情する男と同衾《どうきん》するのを、問題なく受け入れられる方がおかしいのだ。自分の感性は極めてまともだとジゼルは思い直した。

本当はシルヴィオに女性との交際経験はないのだが、事実を知らない彼女はすっかり彼が手慣れていると信じていた。発言も行動も素人とは思えない。

「と、とにかく。シルヴィオ様には、もう少し乙女心というものを知っていただかないと困ります……っ」

「乙女心か……なるほど。それは配慮が足りなかった。私に乙女心はどういうものか、教えてほしいな」

「どういうものって……、それは、その、恥じらいとか……」

あえて言語化しろと言われると、少し難しい。また個人差があるように感じる。

「ジゼルが奥ゆかしいのは知っていたが、恥じらいを大事にしているのか」

「大事に……が適切な表現かはわかりませんが、それも一部です」

「他には？」

「適切な距離感とか、予告なしに触れられるのも心臓が跳ねてしまうので、事前に言ってください」

「それはつまり、触れる前に了承を貰うということか」

「ええ、心の準備が必要なので」

「事前に予告すればいくらでも触れられるのだな」

「え……っ」

ジゼルの耳まで赤くなる。連鎖的に、身体中に触れられたのを思い出してしまった。きっとシルヴィオに甘く囁かれながらお願いされたら、ジゼルは頷いてしまう。ダメだと思っても、イヤだとは思えないのだから。

――うう……、魅惑的な声と顔が恨めしい。

ジゼルの葛藤を見透かしているかのように、シルヴィオが笑いをかみ殺している。

自分が幼稚なことを言っているようで、ジゼルも少々恥ずかしくなってきた。

「とても可愛らしいお願いだ。そういうのを乙女心と言うのか」

「……っ、そうです！」

恋愛に積極的なルランターナの国民性とは少し違うかもしれない。

――シルヴィオ様に恋をしろと命じられていたけれど、意識はしてもまだわからないもの。

ドキドキはする。が、それが未知の経験から来るものなのか、判別が難しい。

「あなたの意志は尊重してあげたいところだけど、それだと私を異性だと意識するには時間がかかる」

「……はい？」

「これでも私は、ジゼルへの溢れる愛を半分も出していない。あなたに怯えられないように加減しているんだが、それをもっと抑えろというのは難しい」

さらりと加減宣言をされた。ジゼルの頭には、これで？　という疑問しか湧かない。

「私のことを異性として好きになってもらいたい。先日のように、もっとあなたに触れたいし、触れることに慣れてほしい。それに恋心を芽生えさせるためには、多少強引にドキドキ感を与えた方が意識しやすくなるとの言葉を兄上からいただいている。私もその通りだと思っている」

「国王陛下はそのようにして王妃様のお心を射止められたのですか……」

「多少大人の事情も入っていると思うが」

あまり知らなくていい事情だ。ジゼルは耳に蓋《ふた》をすることにした。

立ったままのジゼルを見かねて、シルヴィオが近くの長椅子を勧めた。

まだ眠気は来ていないので、一旦座ることにする。すぐにシルヴィオも隣に腰を下ろしたので、やはりひとり用の椅子へ座りなおそうとしたが、その目論見は阻止された。

「私を意識しているのが伝わって来るのは、なかなか楽しいな」

「……悪趣味です」

「そうかな。ジゼル限定だけど。あなた以外の女性は眼中にないし、あなたの匂いに包まれたい」

「包まれ……私の香りがどんなものかはわからないですけど、香水をつけていない女性なら匂いもきつくないのでは？」

「いや、香水をつけていなくても、体臭がダメだ。身体から滲み出る香りに吐き気を催すこともある。私がこうして安らぎを感じられる女性は、ジゼル以外出会ったことがない」

肩を抱き寄せられ、耳元で深く息を吐かれた。シルヴィオの言葉に偽りは感じられない。

――体臭に吐き気を感じることもあるって、それは想像以上に大変だわ……。お立場もあるし、弱みは見せられないからずっと平静を保たないといけないもの。

男女問わず、嫌悪を感じる臭いがあるのだろう。どのような臭いなのか言語化させるのは難しいし、気持ち悪さを制御することも辛い。

自分の匂いに安心感を覚えてもらえるのは、きっと光栄なことなのだろう。

縋《すが》るように触れられた肩に、自然とジゼルの神経が集中した。

――大きな手だわ。私の肩がすっぽり収まってしまう。

力強くて逞《たくま》しさを感じる。でも力加減はしているので、痛みがあるわけではない。

心臓がドクドクと主張を激しくした。意識しないようにと思いながらも意識してしまうのを止められない。

シルヴィオが顔を寄せて来る。肩からするりと腕の方にまで手を滑らせた。その手つきがいやらしく感じてしまうのは、自分が無意識に望んでいるからなのだろうか。

――でも、やっぱり私は安心感なんて抱けないわ！

空いた手で髪を一房とられ、シルヴィオの手の上を滑っている。この髪は嫌いではないが、夜空の色よりさらに濃くて、黒檀《こくたん》との表現がぴったり合う。

シルヴィオの手が髪に触れているのを眺める。彼はどうやらその手触りを気に入ったらしい。

「ジゼル」

「……ッ」

至近距離で触れられながら、低く掠れた低音で名前を呼ばれる。ドクンッと大きく心臓が跳ねた。

「顔が赤くなった。少しは私を意識しているようだな」

そんなの、見ればわかることだ。わざわざ確認をとるなんて、意地が悪い。

「では本当にドキドキしているか、確認しようか」

そう言った直後、シルヴィオはあろうことかジゼルの左胸に手を置いた。

「……っ！」

薄いネグリジェの上とはいえ、乙女の胸を触っている。

あまりにも堂々とした行動に、ジゼルは茫然とした。流れるような動作でなんの躊躇《ちゅうちょ》もなく、婚約者の胸に触れてくるなど紳士ではない。

成長途中の胸は豊満とは言い難い。シルヴィオの男性的な手ですっぽり収まる大きさなのだと、頭の片隅で冷静に分析していた。

「ああ、ジゼルの鼓動が私の手にも伝わって来る」

胸に手を当てているだけ。そこに淫靡な空気はないが、もしシルヴィオの指が不埒にも動き始めたら話は別だ。

「……これはなんの確認を……」

「私を性的に意識しているかの確認だな」

――性的って言った！

先ほどまで異性としてと言っていたのに、もはや取り繕う気もないらしい。

ジゼルの身体はぶわりと緊張感に包まれる。蕩《とろ》けるように見つめてくるシルヴィオの瞳の奥に、獰猛《どうもう》な獣を見つけてしまった。

美しいアメジストの瞳は神秘的なのに、優美な肉食獣が獲物を捕らえている目に見えてきた。

——怖い。でも……。

心臓もうるさい。だがそれが恐怖心からではないことにも気づいている。

一歩踏み出してしまったら、きっと自分が自分でいられなくなってしまう。その勇気を得るには互いを深く知らない。

まだ信頼関係を構築中の段階だ。心と身体を完全に預ける覚悟は決まっていない。

「私はあなたが嫌がることは決してしない。でももう少しだけ、あなたの心を私に預けてほしい」

まっすぐに視線を合わせて懇願される。その真摯《しんし》な台詞と熱量に、ジゼルの頭はクラクラしてきた。

——声が、近い。

こんな風に見つめられて、拒絶できる女性がいるだろうか。

美しい宝石のような瞳がまっすぐに自分だけを映しているのを見つけると、そこはかとなく独占欲に似た感情が生まれた。

——他の美しい女性ではなく、私だけがこの人を癒せるのなら……私ももっと歩み寄らなければいけないかも。

見つめられるだけで思考がまとまらなくなってくる。瞳の奥の熱に溶かされてしまいそうだ。

「は、い……」

ジゼルの返事はとても小さい。

だが確実にその声を拾い、シルヴィオはふわりと微笑んだ。

「ありがとう。それでは移動しようか」

「え、……っ！」

急に目線が上がった。ジゼルの身体はシルヴィオに抱き上げられている。

子供のように縦に抱かれ、お尻の下の逞しい腕が体重を支えていた。背中にも手が回っているとはいえ、不安定な体勢に思わずシルヴィオの頭を抱きかかえる。

「いいね、ジゼルから抱き着かれるのは。とても心地いい」

「もう、いきなり、なにを……！」

寝台までの距離はそう遠くない。抱き上げられていた時間は僅かだ。

だがその所為でジゼルの心臓は先ほどよりももっと激しく反応した。こんな風にされるのは、子供の頃父にされた以来だ。

寝台の真ん中にそっと寝かせられる。起き上がる間もなく、シルヴィオが覆いかぶさってくる。

艶然とした微笑は美しく、その表情を眺めているだけでクラクラ酔いそうになる。

――いえ、もう酔っているかも……。

シルヴィオから漂う色香に溺れそうだ。

すっと頰の輪郭を、指先で撫でられる感覚がくすぐったい。愛撫《あいぶ》のようにも感じられて、ジゼルはどうしたらいいのか視線を彷徨《さまよ》わせる。

「私だけを見て。目を逸らさずに」

――それは、難易度が高いような……。

ずっと見つめてくる相手を見つめ返すのは気恥ずかしい。熱っぽい眼差しを見続ける自分の表情がどんな顔をしているのかもわからない。

早々に無理だと判断し、ジゼルは拒絶する。

「……お断り申し上げます」

顔を横に向けて視線を外すが、逆にシルヴィオにとっては好都合になった。

「そう、乙女なジゼルは恥ずかしがり屋さんだったか。では目を瞑《つぶ》っててもいい」

ほっと安堵の息を吐いた瞬間、ジゼルは首元に生暖かいものが触れているのを感じた。

「ひゃあ……！」

間近で感じる吐息に柔らかな皮膚と湿った感触。

ざらりとした肉厚ななにかが首筋を這っている。それがシルヴィオの舌であるというのはすぐに気づいた。

「や、なにされて……っ」

「ジゼルの首筋にキス」

「でも今舐めましたよね⁉」

「美しい肌を見ていたら、本能的に食べてしまいたくなるだろう？」

　カリッ、と首筋に甘噛みされた。もちろん血が出るほど強くではないが、その瞬間ジゼルの肌が粟《あわ》だった。

「――ッ！」

　首筋は性感帯であり生き物の急所だ。そこを狙われるというのは、本能的な危機感も強くなる。と同時に、一瞬で快楽に火が灯された。

「ン……ダメ、耳はもっと、ダメです……！」

　ぴちゃぴちゃと唾液音が鼓膜をくすぐる。シルヴィオがジゼルの耳殻を舌先でなぞり、耳の中を舐めたのだ。

　唇で耳たぶを柔らかく攻められて、ジゼルの小さな口からは熱を帯びた息が吐き出された。

「はぁ……んっ」

「ジゼルは耳が弱いからね」

　そう言いながら容赦なく耳ばかりを攻めてくる。

　シルヴィオの息遣いも唾液音も、もちろん劣情が滲んだ美声もジゼルの理性を徐々に薄れさせた。代わりに快楽の度合いが強まっていく。

「そこで、喋らな……で」

「どうして？」

「だって、声が……んっ」

「ジゼルは私の声に敏感になってしまうから？」

意地悪く質問され、ジゼルは小さく頷いた。もう知っているのに、わざわざ確認してくるのがずるい。

「あなたの全身の匂いを嗅いで舐めまわしたい」などととんでもない台詞を言われていても、反論も抗議もできない。

「あ、なに……ひゃ……！」

シルヴィオの手がするすると動き、ジゼルのネグリジェを剝《は》いてしまう。

気づけば昨晩同様、シルヴィオに肌を晒していた。むき出しになった胸に、シルヴィオの熱っぽい視線が向けられる。

ジゼルは弱々しくシルヴィオの胸を押そうとするが、すぐにその手を掴まれた。

指を絡め、シーツに押し付けられる。シルヴィオの麗しい顔が近づき、ジゼルの胸に食らいついた。

「アア……んっ」

チュ、チュッとリップ音が響く。シルヴィオの魅惑的な声に反応するかのように、ジゼ

ルの官能が引きずり出される。胸の頂はすぐにぷっくりと尖《とが》り、シルヴィオに弄られるのを悦んでいるかのようだ。

——あ、ダメ……。

思考がぼやける。体内の熱がくすぶり、呼吸が荒くなる。

舌先で胸の先端を転がされるのが気持ちいい。甘嚙みをされると、背筋に電流が走る。

「ンン……ッ！」

乾いた指先が反対側の胸を弄りだす。くにくにと赤い実を摘まれると、下腹が切な気に収縮を繰り返した。じゅわりとした蜜が薄い下着を湿らせる。

「ジゼル、私をもっと意識して。怖いことはなにもしない、ただ気持ちよくなればいい」

——お腹の奥、ムズムズする……。

拒むべきだと頭の片隅で思うのに、身体はシルヴィオの熱を受け入れてしまう。高まった熱はどんどんくすぶり続け、次第に出口を求めて体内を駆けまわる。

ジゼルの口からは熱い吐息が漏れていた。小さく喘ぎ、シルヴィオを拒めずにいる。

「甘い匂いがする……ジゼルの香りが一番強く漂うところを、もっと感じたい」

シルヴィオが好む香りを自分が発している自覚は未だにないが、彼に匂いが好きだと言われることも受け入れつつある。

これは同情なのだろうか。シルヴィオの難儀な体質を憐《あわ》れんでいるのだろうか。

——わからない……でも、イヤじゃない……。

求められることも、少しずつジゼルの自尊心を満たしていく。まっすぐ見下ろされながら、情欲を秘めた目で焼き焦がすように触れられれば、抵抗する気力は湧かなかった。

「はぁ……ジゼルの香りに酔いそうだ……」

「あ、あぁ……っ、や、ンアア……」

シルヴィオがジゼルの膝を立たせた。彼女の秘められた場所に、シルヴィオの顔が埋まっている。

ジゼルが零した蜜がたっぷりしみ込んだ薄い布に、シルヴィオは鼻を押し付けていた。彼の鼻先がジゼルの蜜口を刺激する。じゅぷ……と、水音が小さく響くが、その音すら官能を高める要素となった。

「ジゼル……黙ってこんなに濡らしてたとは、いけない子だ」

シルヴィオが強く吸い付いた。淫らな音が鼓膜を犯す。

「やぁ……ッ」

鼻先がぐりぐりと花芽を押しつぶし、シルヴィオはジゼルの淫靡な匂いを堪能する。

直接は触れられていないのに、薄い布はまるで存在していないかのように、シルヴィオに与えられる刺激を享受する。溢れる蜜が太もも付近を濡らし、シルヴィオの口周りも湿らせていることだろう。

尖らせた舌が、蜜口を刺激する。入り口をくりくりと突かれ、指で花芽をグリッと弄られた。ジゼルの腰がぴくんと跳ねた。

熱が霧散し、ジゼルの身体から力が抜けていく。呼吸は荒く、目の焦点も宙を彷徨っていた。

「……本当は私の欲をすべて受け入れてほしいけど、それはまだ酷だから……今はあなたの匂いを堪能するだけで我慢している」

「そ、……しゃべらな、……で」

そんなところで話されるだけで刺激になるのだ。脚に力が入らなくなる。

上体を起こし、シルヴィオがジゼルの顔を覗き込んだ。妖しく光るシルヴィオの瞳はし
っとりと濡れており、ジゼルを焼き焦がそうとする。

「この小さな口が、私を咥《くわ》えているところを想像するだけで、私の欲が決壊しそうだ。清
らかな少女を犯したくてたまらないなんて、汚らわしいだろう？」

シルヴィオの親指がジゼルの下唇をなぞる。顎を固定されているため、その問いかけに
応えることもできない。

言っている意味は半分ほどしかわからないが、シルヴィオを汚らわしいとは思わない。

力づくで奪うこともできるのに、彼はきちんとぎりぎりを見極めている。ジゼルがシルヴ
ィオを嫌わない境界線を見極めようと、注意深く観察していることもわかっている。

「……イヤ、じゃない……触って……も」

触れられることは不快ではないのだと告げたいけれど、うまく口が回らない。ただ息を

呑んだような声が耳に届いたが、ジゼルの意識は次第に夢の世界へ誘われていった。

――触れられる手も体温も、気持ちいいかも……。

一日中動き回り、いつもの数倍ドキドキさせられて、疲労困憊《ひろうこんぱい》だ。シルヴィオの手が身体を這うのも、気持ちいいに変換される。

「ジゼル」と呼ばれる声は徐々に遠くなり、ふっと意識を手放した。

◆◇◆

眠りに落ちたのを確認したシルヴィオは、自嘲《じちょう》めいた笑みをこぼした。ジゼルがあまりにも無防備で可愛らしくて、暴走してしまったことは反省しよう。

ジゼルの蜜の匂いが寝室に充満する。甘美な匂いを嗅ぐだけで、シルヴィオの欲望はきついほど張りつめていた。

「ジゼル……私の前で眠るなんて、無防備すぎだ」

こんなにも飢えた獣を前にした危険な状況なのに、あどけない顔で寝入ってしまう危機感のなさがとても純粋で癒される。

恥ずかしがる様子も、恋愛に慣れていなくて戸惑う姿も、すべてがシルヴィオを楽しませた。すぐに顔を赤くさせるのも、なんて愛らしいのだろう。

「私の理性をなくさせるなんて、いけない子だね」

まだ丸みの残る頬を指先でそっとなぞる。弾力のある肌は、彼女が成人を向かえたばかりの十代の少女だというのを実感させた。

ジゼルはシルヴィオのことを噂通りでしか知らない。ルランターナ国一の色男、と思って疑っていないが、実はそれは全部演技だったと知ったらどういう表情を浮かべるだろうか。

「私の初恋もあなただと言ったら、さすがに信じないか……」

美しい令嬢をエスコートしたことは何度もある。だがそれはあくまでも仕事の一環としてエスコートしたのであって、シルヴィオが望んだことではない。

国王であるフェルディナンドが陰ながらシルヴィオの女性嫌いを克服させようと、見合い目的も兼ねた有力貴族の令嬢のエスコートを押し付けてきたが、それらが実を結ぶことは一度もなかった。

長年の経験のおかげで、シルヴィオの笑みが崩れたことはない。どんなに気分が悪くても、表向きはそつのないエスコートと社交術で令嬢を楽しませて、そしてさらりと好意を受け流していただけだ。

話術と社交術だけが向上したが、積極的な女性からの熱烈な秋波をかわすことは精神的にとても疲れる。国一番の色男という嬉しくもない二つ名がついたが、それすら鬱陶《うっとう》しい。

結婚はしないと宣言をしていたのは、もちろん体質が大きく関わっているが、シルヴィオ自身も異性に対する恋情を抱いたことがなかったからだ。

――人はこうも変わるものなのだな。

運命の人というのは、きっとひとりひとりに存在する。しかしその相手と巡り合うかどうかは運次第。

家柄、容姿、頭脳と恵まれていると、時には傍から嫉妬も受けるが、恋情と性欲がわからないことで、シルヴィオは完璧な人間などいないと思っていた。

だがそれすら克服したとなると、きっと前世の行いがとてもよかったに違いない。今世では、蓄積されていた徳をすべて使ってしまうかもしれないが、ジゼルと出会えたことでできる限りの慈善活動を行おうと心に決める。

「はぁ……数ヶ月前の私に今の私を見せてみたい」

身体が熱く火照っている。おいしそうな餌を目の前にお預けを食らっている気分だ。まさに生殺しとはこのことを呼ぶのだろう。

こんなにも自分を発情させるなんて、ジゼルの匂いにはどういう成分が含まれているのか。

シルヴィオは雄々しく隆起した己の欲望を取り出した。先端からはすでに透明な雫が垂れている。

そこはもう限界が近づいていた。彼女の首筋にキスを落とした頃から、はち切れんばかりにシルヴィオの屹立が出番を待っていたのだ。

「私をこんな風にさせるのも、ジゼルだけだ」

彼女の小さな手をそっと握る。穢れを知らない無垢な手だ。

その手を導いた先は己の凶悪な欲望……背徳的な気持ちを感じつつも、彼女の手で握ってもらいたいという欲が抑えられない。

「こんなことをさせていたと知ったら、あなたには嫌われてしまうかもしれないけど……。すまない、ジゼル。今夜あなたの手を穢してしまう」

シルヴィオはジゼルに己の性器を握らせたまま、薄く口を開けて呼吸をする姿をじっと見入る。

先ほどジゼルに告げたように、欲望のまま彼女に咥えてもらいたい。小さな口が自分の性器を口いっぱいに頬張るのを想像するだけで、果てそうになる。

寝ている今なら、その願望も叶うだろうか。

しかし、シルヴィオはジゼルの小さな口にねじ込みたいという気持ちをグッと飲み込んだ。そこはジゼルの許可なしには絶対に侵してはいけない、神聖な場所だ。

「ああ、私はどうかしている。こんな狂暴な感情を今まで抱いたことはなかったのに」

ジゼルの片手の上に己の手を重ね、上下に動かした。意思を持って動かされている手ではないが、ジゼルに握られていると思うだけでクラクラと酩酊感を感じてしまう。

小さな手がシルヴィオの屹立を一周することはない。体格差をこんなところで感じてしまうなんて……愛する少女の前では、恋愛経験の乏しい男も単なる獣だった。

「はぁ、……ン……ッ、ジゼルジゼル、ジゼル……ッ」

名前を呼んでも応答されない。しかし寝顔を見つめながらシルヴィオの雄は限界を迎え、欲望が破裂した。

「クッ……」

白濁とした飛沫がジゼルの手を穢した。飛び散ったものが彼女の顔にもかかっている。しまったという感情と、自分のものが愛しい少女の顔を汚しているという背徳感に、一度鎮まったシルヴィオの劣情がふたたび刺激された。

「すまない、ジゼル。やはり私はあなたを汚してしまった」

手早く己の手とジゼルの手を濡れたタオルで拭う。そして彼女の顔についた残骸も拭おうとしたところで、その白濁とした雫が唇についていることに気づいた。

雫が垂れて、上唇にまで落ちてきたらしい。それが薄く開いたジゼルの口内に辿り着くのも時間の問題だろう。

「ああ、早く拭ってあげないと……」

そう思う気持ちと、それを舐めてほしい気持ちが交差する。

シルヴィオの瞳の奥がどろりとした仄暗《ほのぐら》い感情に染まり……、指がぎりぎりのところで口への侵入を阻止した。

「意識があるときにと思ったじゃないか」

濡れたタオルで顔を丁寧に拭う。唇にも気をつけて、己の欲で穢したジゼルを元の状態に清めた。

一旦欲望が落ち着くと、今度は虚無感が彼を苛《さいな》んだ。なにも知らない少女を前にすると理性を失うとは、一体自分はどうなってしまったんだろうか。

「私をこんな気持ちにさせるのは、あなただけだ」

一目ぼれから始まったときは、顔すらわからなかった。それなのに、新しい発見があるたびに好きが深まっていく。

ジゼルの控えめに見えてはっきりした物言いをするところも、自分と同じく芸術が好きなところも、人やものに対して敬意を払うところも。一つ一つの価値観が自分のものと重なり、好ましさが増す。

彼女の笑顔が見たい。憂いもなく楽しそうに笑い、そしてその笑顔を自分だけに返してもらいたい。

そのためには信頼関係を確固たるものにするのが一番大事だ。

まだその過程にあるのに、ジゼルの器が大きいため、つい甘えたくなってしまった。

「十以上も年下の少女に甘えるなど、私はダメな大人だな」

きっと彼女の軽蔑の眼差しを向けられても、自分は幸せなんだろう。

シルヴィオは自嘲気味に笑い、彼女の身体を抱きしめた。

◆
◇
◆

ルランターナ国の歴史は古く、建国から八百年が経過している。

その王城は周辺国と比べてみても極めて芸術性が高く、文化的かつ歴史的建造物の名でも有名だ。

百五十年前に、ルランターナが誇る有名な建築家、ジョエル・ダゴスティーノが設計図を作り、約五十年の歳月を経て老朽化が進んだ城を修繕した。

左右対称が建築美とされていたそれまでの概念を覆し、左右非対称でありつつも調和がとれた城の大きな特徴は、新たに作られた頂上のドーム。

ドームを支える柱を立て、採光を考慮した結果、開放的な空間と日の光で城内を明るく照らす。

舞踏会が行われる大広間は、そのドームの真下にある。ひとたび音楽を奏でれば、音が反響し大広間全体に行き届くのだ。

骨董市を存分に楽しんだ日から数日後、ジゼルはシルヴィオに連れられて王城に来ていた。

日が暮れてから大広間に足を踏み込んだことはあったが、昼間ははじめてだ。夜とは違った空間を味わえる。日の光を反射させるステンドグラスの美しさに、ジゼルは感嘆の声を上げつつ、うっとりと眺める。

「鹿が逃げているようだわ。矢を恐れたのかしら？」

鹿は生命力の象徴とされている。死から遠ざけるために鹿のエンブレムを使うことも多い。

その鹿の隣にあるステンドグラスは蛇。蛇は邪気を食べるという逸話があるため、こちらも守り神にたとえられる。

大小あるステンドグラスは、それぞれのどこかに動物が隠されていた。それらはすべて幸運を招くと呼ばれる縁起のいい動物たちだ。

王城へはシルヴィオが仕事で呼び出されたのもあるが、王城の美術品の鑑賞に連れてきてくれたのだ。

城自体が価値の高い建造物であり、城の内部にはそれこそ数えきれないほどの美術品が展示されている。中には許可がなくては観賞できない国宝品も多く存在し、それらを管理しているのがシルヴィオだ。

彼にとってこの城は生まれ育った場所のため、入り組んだ回廊も迷いなく進んでいく。焦げ茶と白を基調としたお仕着せを着た女官たちとすれ違うと、彼女たちは一斉に壁際に移動して深々と礼をした。

改めて、シルヴィオも王家の一員なのだと実感する。彼は国王の子供たちの次に王位継承権があるのだ。

フェルディナンドが国王に即位して間もなく、シルヴィオも公爵位を継承した。ジゼルは王子様だったシルヴィオを知らないし、旦那様と呼ぶアザレア城の者たちもシルヴィオを公爵として扱っている。だが王位継承権がまだ残っていることも、城内の者たちの接し方で改めて思い出した。

──そう思うと、王子様のときに出会わなくてよかったかも。

残念な変態っぷりをまざまざと見せつけられれば、王子様像というものが壊れていたかもしれない。とはいえ、ジゼルには他の令嬢のように、王子に憧れを抱いていたわけではなかったが。

──それにしても、やはりシルヴィオ様の隣を歩くのは目立つわね……。

ジゼルはすれ違う人たちにさりげなく見られるのも、ようやく気にならなくなってきた。婚約式を終えて以来王城に来るのははじめてである。レオンカヴァルロ公爵が選んだ少女が誰なのか、噂にならないはずがなかった。

さすがに不躾《ぶしつけ》な視線をぶつけてくるような者はいない。しかし意外だと言いたげなのは伝わって来る。

ジゼルはシルヴィオにエスコートをされながら、城内の回廊に飾られているレリーフやブロンズ像、絵画を眺める。

「ジゼル、物珍しいのはわかるが、あまりのんびり歩いていたら日が暮れてしまう」

「すみません、美しいものが多くてつい……。ここは天国でしょうか」

「その台詞は寝台の中で言ってほしいんだが」

通り過ぎた女官が頬を染めた。

公衆の場でなにを言っているとされかねない台詞も、幸か不幸か美術品に夢中なジゼルには響いていない。

　人一倍耳のいい彼女が聞き逃すわけがないが、あまり関心のない話を集中しているときに聞かされても脳に届かないだけだった。

「はあ、そうですか」と気のない返事をするジゼルに、シルヴィオの悪戯心が刺激されたらしい。口許が緩く弧を描いた。

　シルヴィオにとって、エスコートをする女性の関心が自分以外に向くということもはじめてだ。相手が愛しい少女というだけで、こんなにも面白くない気持ちになるとは思いもよらなかったのだろう。心の狭さを自嘲するように小さく笑い、きょろきょろと視線を彷徨わせながら目を輝かせるジゼルの耳元に、唇を寄せた。

「仕方がない、あなたを抱き上げて私が運ぼう」

「……え?」

　ジゼルの反応が一拍遅れた。

　次の瞬間には、身体は宙に浮かび、シルヴィオに横抱きにされていた。

　突然抱き上げられ、驚きのあまり間抜けな悲鳴が出てしまう。

「ひゃあ……！　お、下ろしてくださいっ」

「目的地に到着したら下ろしてあげよう」

「違います、今！　今です」

「却下。このままではいつまで経っても辿り着けない。それに時間もそろそろ押しているから、この方が早い」

目線の高さといきなりの行動に驚いたが、はたと気づく。

シルヴィオの顔の近さを気にしなければ、むしろ自分が見上げるよりも間近でここにある美術品を眺められるのでは？

多少の羞恥心はあるが、恥ずかしがっているのを見られる方が恥ずかしい。平然としている方が、なにか事情があるのだろうと周囲が勝手に誤解してくれる。

「ではなにか事情を訊かれましたら、無理をして高いヒールの靴を履いてしまった所為で足が痛くなったとでも言いますね」

「……わかっていたが、あなたは順応が早いな。きっと私に抱き上げられてドキドキするよりも、目線が高くなったことで違う角度から美術品を眺められると思っているのだろう」

「さすがシルヴィオ様。よくおわかりですね」

シルヴィオが喉の奥で苦笑しているのが、高貴な猫が喉を鳴らしているように感じた。

彼に猫という動物の印象はないのだが。

——猫よりも、嗅覚が効くなら犬？　でもちょっと違う……。

煌びやかさなら孔雀《くじゃく》はぴったりだ。孔雀の習性は知らないが。

「ところでシルヴィオ様、陛下にはご挨拶されなくてよろしいのですか？」

「ああ、構わない。今日登城することは陛下も把握済みだが、あの方も忙しいから。用事があれば誰かが呼びに来るだろう」

なるほど、それなら緊張感も薄れる。ジゼルはそっと安堵した。

いきなり陛下との謁見が入っていたら、ジゼルはきっと自分のことはいいからシルヴィオのみ挨拶にと無理を言っただろう。

しばらく進んで到着したのは、白い扉の前だった。そこでようやくジゼルは床に下ろしてもらえた。

シルヴィオは「すぐに戻って来る」と言い、ノックもなしに扉の中に入った。重厚感ある扉は分厚いので話声が外に漏れることはそうそうないが、ジゼルの耳には大体の会話が聞こえて来る。

「大丈夫かしら……。なんか泣きつかれているようだけど」

シルヴィオの登場に数名の男性が喜んだ。恐らく彼の部下だろう。

よくよく考えれば、シルヴィオはこの美術品管理局の責任者だ。その責任者が何日も城を不在にし、不定期でしか出仕しないとなれば、問題がない方がおかしい。

『ああ、局長まだ行かないでください！　先日の鑑定結果の確認と署名を！』

『奥方がいらっしゃっているなら自分たちもぜひ挨拶を！』

『待て、まだ奥方ではなくて婚約者殿だろ。局長、婚約者殿を同行されても快く受け入れますから、溜まっている書類を処理していただきたいです』

『って、鍵を取りに来ただけだなんて無情な！　まさか逢引《あいびき》するために登城したわけじゃ

『……って、局長？　お待ちください、局長ー！』

叫び声のようなものが聞こえた後、ジゼルの目の前で扉が開いたがすぐに閉められた。

「待たせたね。さあ、行こうか」

部下たちの悲痛の叫びを聞き流し、ジゼルに笑顔を向けるシルヴィオの性格はなかなかに腹黒そうだと内心頷く。

シルヴィオも、ジゼルに最後の呼び声が聞こえたとは思っているだろうが、まさか室内の会話が全部聞こえたとは思わないだろう。

ジゼルは真鍮《しんちゅう》の鍵を握りしめているシルヴィオをちらりと見上げた。

「……お忙しそうですが、大丈夫なんでしょうか」

「大丈夫だ。彼らも優秀な部下だからな。私が少し不在でも問題ない」

「そうですか。シルヴィオ様は随分慕われているようでしたね」

問題ありとしか思えないが、深く突っ込めない。当たり障りのないことを言い、さりげなくもう少し城に来た方がいいのではという気持ちを込めてみた。

「慕ってもらえることは嬉しいが、甘えられては困る。自信と責任を持って仕事に取り組むよう、私ももう少し厳しくならなければいけないようだ」

「……ほどほどになさってくださいね」

仕事のことを知らないのに口を挟むべきではないと思いつつも、悲痛な叫びが頭から消えない。心の中で彼らに謝っておく。

今は長期休暇中の扱いになっているとはいえ、きっと人手不足なのだろう。でもやはりシルヴィオが彼らに慕われていることに変わりはないと思えた。

特別な許可が下りない限り鑑賞できない美術品は、シルヴィオの職場からすぐの場所にあった。

両開きの白い扉には鍵穴が二つ。中央と、扉の下にも小さな鍵穴が存在した。

「防犯のために二つ設けているんだ。さあ、どうぞ」

「ありがとうございます」

中は薄暗くてひんやりしているのかと思いきや、そんなことはない。

直射日光が差し込むことがないよう設計されているが、室内は日の光が適度に差し込み明るかった。

天井が高く、吹き抜けになっているようだ。空気を循環するためだろう。

奥の方は薄暗く遮光性のあるカーテンがかかっている。恐らく日光に弱い美術品が多いに違いない。

「ここの管理は繊細だ。使われた画料や素材、年月などそれぞれ違う作品を劣化させることなく扱わなければいけない。古いものはとても脆《もろ》く、値段もつけられるようなものじゃないから」

「そうなんですね……」

ジゼルはエスコートするシルヴィオの手をキュッと握った。

値段のつけようもない美術品を扱うなど、恐ろしさの方が上回る。無暗《むやみ》に触らないために、彼にくっついておこう。

——今さらだけど、そんなものを軽々しく見てみたいと言ったのは、軽率だったんじゃないかしら。

どこか機嫌のいいシルヴィオを見上げ、ジゼルは恐る恐る尋ねてみた。

「そのような貴重なものを私に見せて、大丈夫だったんですか？　今さらですが、迷惑だったのではないかと」

「問題ない。ここは申請されれば、管理局《うち》から人を派遣し、キュレーターとして案内させている。ここも細心の注意を払って接してもらっているが、本当に値段がつけられないようなものは別のところに保管している」

繋がっている手が一瞬ほどけたかと思ったが、すぐに握り直された。指と指を交差させ、より密着度が上がる繋がり方へ。

——これは手枷《てかせ》かしら。

問題ないと言っても、珍しいものに突進される可能性を考慮して、このような繋ぎ方に変更したのでは。

疑惑を抱きながら、ジゼルはシルヴィオを見上げた。

「うん、上目遣いで見つめてくるのは、キスのおねだりだな」

「え、違います。この手は一体なにかと思いまして」

即否定したが、今この部屋には二人きりなのだと思い至った。

ここでシルヴィオに迫られたら、恐らく、いや確実に抵抗できない。

「私から離れられないように、より強固で密着度が高い繋ぎ方にしてみたんだが。ジゼルは気に入らないのか。ならば腰を抱く方がご希望かな」

「腰だと落ち着かないのでこのままでいいです……」

どちらもイヤだと即答できないのは、心のどこかでシルヴィオとくっついていたいと思っているから……とは認めたくないが、恐らくその気持ちも存在している。

触れられてイヤじゃないのだから、その感情は認めなければ。

――ただ意識すると落ち着かないってだけで……、でも手を繋ぐだけなら嬉しい、かも。

ムズムズした感情が湧く前に思考を切り替える。ジゼルにはこの場所で見てみたいものがあるのだ。

「シルヴィオ様。私の祖父の絵画もここに納められていると、父から伺っているのですが」

「先代伯爵の絵画だね。それならこっちだ」

ジゼルの祖父、ウバルド・ベルモンドが描いたものはあまり多くはない。しかしベルモンド家の血筋らしく、とことん拘りを持ち、納得のいく作品を数点描いていたのだ。

それらのほとんどは伯爵家で保管されているが、彼が特に気に入っていたものが王家に献上されたと聞いていた。

先代国王の姉が、ウバルドと幼少期から交流があった。いわゆる仲のいい幼馴染みという関係だったそうだ。彼の絵画は、そんな子供の頃のキラキラした思い出を詰めたような、繊細で穏やかな風景画だった。

「湖畔に佇む少女……」

瑞々《みずみず》しい湖の描き方や、その傍に笑顔で佇む少女。ピクニックだろうか。日傘を差した少女のすぐ近くには、バスケットが置かれている。愛らしい白い猫も描かれていた。

ジゼルは筆遣いや色の調合を観察する。目を閉じても鮮やかに思い出せるほど、じっくりと。

「ありがとうございます。大好きな祖父の絵を見てみたかったので嬉しいです。シルヴィオ様はお気に入りの作品はありますか？」

「私は……そうだな。特別これといったものは思い浮かばない。どれも素晴らしい作品だと、敬意を持って接することを心掛けている。今後百年、二百年と後世に残るように。私たちはできる限り守り続けたいという気持ちが強い」

「……そうですね。何百年先にも残せたら素敵です」

ほわん、と心の奥が温かい。

シルヴィオの考え方に同意する。

敬意を持って、芸術家にも作品にも接する彼の人柄は好ましい。

少々油断ならないところも多いが、ジゼルはシルヴィオのことをもっと深く知りたいと思った。

◆◇◆

貴重な美術鑑賞も終わり、シルヴィオは部下から急ぎの書類を無理やり預けられて、アザレア城に帰って来た。

彼と寝台を共にするのも何夜目だろうか。

ジゼルはすっかりシルヴィオの抱き枕になっている。朝目が覚めると必ず彼の腕の中にいた。

寝る前にはきっちり寝間着を着ているシルヴィオの上半身は、何故かいつもはだけているか完全に脱いでおり、ジゼルは彼の素肌を感じながら目が覚める日が続いていた。

色っぽい話はなにもしていなかったはずなのに、就寝前はどちらかの淫らな息遣いがこの寝室に響く。

「ん……ッ、そこは……」

「どうした？　ジゼル。あなたは耳を攻められるのが好きだろう」

覆いかぶされたまま、シルヴィオが喜々として耳を舐める。

吹き込まれる声がジゼルの快楽を引き出そうとしてきた。今夜も彼は弱点を攻めてくる。

「ジゼル」と呼ばれるだけで、心臓が跳ねると同時に疼きを起こす場所からとろりとした蜜が分泌されてしまう。少し脚を動かすと、淫靡な水音が聞こえてしまいそうだ。身体は素直に快楽を拾い、気持ちよさを表現してしまう。

――うう、もうダメ、濡れちゃう……！

分泌液が下着を濡らす。それはおかしなことではなく、生理的な反応であり、自然なこと。女性の身体はそういう造りになっていると頭では理解できても、まだまだ羞恥心は捨てきれない。

シルヴィオに耳を舐められて、囁かれるだけで下着がしっとりと重くなる。恥ずかしくて顔を覆いたいし、そんな状況を彼には絶対知られたくない。

この状況を切り抜けるには、意識を落としてしまうのが一番いいと、経験上わかっているのだが、眠気というのは意識してやってくるものではないのだ。

――眠気よ、来て！

力強く念じていると、シルヴィオが不穏な発言をした。

「そういえばドレスの採寸は終わったか。見えないところになら、少しくらい痕《あと》をつけても大丈夫だな」

ジゼルはシルヴィオの目を見つめた。一体彼はなにをするつもりだ。

先日確かにドレスの仕立て屋が来て、ジゼルの身体の採寸を行った。手際よく採寸が完了したが、あれこれくまなく測られるのは精神的に疲れた。

人気の仕立て屋ということで出来上がりは楽しみだが、初対面の女性に裸同然の下着姿を披露《ひろう》するのは慣れそうにない。

今の季節は夏だ。まだしばらく暑い日は続くだろう。首回りが大きく開いたドレスが流行しているが、冬の季節になれば襟《えり》元まできっちり締めた防寒用のドレスが主流になる。

「あの……、痕とは？」

嫌な予感を抱きながらも疑問を口にすると、シルヴィオの笑みに愉悦が混じった。

優雅でいて、優美な獣を彷彿《ほうふつ》とさせる。

シルヴィオは上体を起こすと、ジゼルに体重をかけないように気をつけながら、器用に彼女のネグリジェの襟元を緩めていった。

「そういえば私も実際試したことはないのだが、多分問題ない」

「は？　いえ、あの結構です……！」

よくわからないがなんとなく嫌な予感がする。

しかしジゼルが抵抗するよりも早く、慣れた手つきで胸元のリボンをほどいてしまった。すぐに腕を突っぱねてみるが、難なくかわされてしまう。

抵抗虚しく、ジゼルのむき出しになった肩や鎖骨にシルヴィオの手が這った。

「ひゃ……っ！」

素肌をシルヴィオの手が滑る。少し硬い手の皮膚や体温が、すぐにジゼルの身体を熱くさせた。

そして不埒な手がジゼルの胸から鎖骨までを手の体温で温めたかと思えば、大きく襟ぐりが開いた心臓の真上に、彼が唇を寄せた。

「ん……っ」

さらりと揺れた彼の髪がジゼルの肌をくすぐる。柔らかな唇が、ジゼルの皮膚に吸い付いた。

チクッとした痛みを感じ、僅かに眉をひそめる。だがそれ以上にぞわぞわとしたなにかが背筋を這いあがり、口から艶めいた声が零れた。

「アア……、ンッ」

自分が出したとは思えないほど甘ったるい声だ。ジゼルは咄嗟に両手で口を覆う。

「可愛い声」

クスリと笑った声が胸元から届く。声が振動となり、身体の内部にも響くようだ。

ジゼルが感じてしまう低く艶めいた声は、耳だけではなく皮膚から浸透してくる。

「ああ、綺麗に咲いた」

うっとりとした声で呟きながら、先ほど吸い付かれていたところを指先でなぞった。満足気な様子から、目論見はうまくいったらしい。

皮膚に強く吸い付くと赤い鬱血痕ができるというのは、知識のみなら知っていた。サラが貸してくれた巷で流行りの恋愛小説にも、主人公が恋人にキスをされ、首筋に赤い印がついたとの描写があったのだ。独占欲の表れ、だっただろうか。

――えっと、所有の証とか、他者への見せつけ？　とか……。

「この赤いのは……」

「うん、ジゼルの肌に私を刻み込みたくなった」

鬱血痕を指先で撫でられる。くすぐったさに身をよじるが、シルヴィオはジゼルが離れることを良しとしない。

「ダメだ、目を逸らさずちゃんと顔を見せて。私にジゼルの可愛い声をもっと聞かせて？」

シルヴィオは舌先でジゼルの胸をなぞり、彼女の快楽を引きずり出す。

「ン……ッ！」

ツ……と、下乳の輪郭を舐めながらなぞる。生暖かい肉厚な舌と湿った感触が生々しい。くすぐったさに腰が跳ねそうだ。肌に触れられることにも大分慣れたと思っていたが、勘違いだったといつも思わされる。

愉悦を帯びた楽し気な笑みが聞こえる。ふたたびジゼルは両手で口を覆い、シルヴィオの様子をそっと伺った。

「私に抵抗して我慢するのも悪くないが、それならいつまで手を離さずにいられるか、試してみようか」

——えっ！

不穏すぎる言葉だ。やはり今すぐ眠ってしまいたい。

一日外に出かけていたり、公爵家での慣れない作法を習う日は、疲れが溜まっているのかすぐに夢の世界に旅立てるのに。こういうときに限って何故か神経が冴《さ》えてしまうのだ。

本能的に危機感を抱いているからと思うと、しっくりくる。

「赤い花がひとつじゃ寂しいな。もう少し綺麗に咲かせよう」

無抵抗のジゼルをいいことに、シルヴィオがふたたび彼女の肌に唇を寄せた。

鎖骨の下、胸の膨らみと、二つ三つと鬱血痕が増えていく。

そのたびにジゼルは声を漏らすまいと必死に耐えた。チリッとした痛みは肌を強く吸われることで生まれるのを、はじめて知った。

「涙目で睨まれるといけないことをしている気分になるな。私が悪い大人みたいだ」

――みたいじゃなくて、十分そんな振る舞いをされてます！

正式に婚姻するまで純潔は奪われないはずだ。

しかし男女の営みとは、身体を重ねなくてもできるのを嫌というほど実感していた。シルヴィオの自慰行為を眺めていることも、きっと夜の営みの一種なのだ。

――さすがに私のドレスの匂いを嗅ぎながら……っていうのは、あの夜以降見ていないけれど。

「ふ、ん……」

生温かなものに胸の頂が含まれた。次いで湿った感触と舌のざらざら感。

自分の胸がシルヴィオに吸われているのを目のあたりにし、ジゼルは目を見開いた。

慌てて歯を食いしばり、気を抜けば喘ぎ声が漏れてしまいそうなのを堪える。

その間もシルヴィオは口での愛撫を続け、反対の手でジゼルの胸の先端をキュッと摘まんだ。

「ジゼルの可愛い胸の蕾《つぼみ》が、食べてと懇願している」

チュウッ、とふたたびその尖りは口に含まれて見えなくなった。

乳房を指で弄られながらきつく吸われて、舌先でも転がされる。

次第にジゼルの腕には力が入らなくなり、身体の奥からどんどんと熱が溜まっていった。

——ダメ、身体がもう、この先も望んじゃう……。

いつも胸を弄り、下着の上から触れられるだけで気持ちよくなってしまう。ジゼルが達したのを見て、満足そうにシルヴィオに抱きしめられるのだ。

身体がすっかりシルヴィオの愛撫を覚えてしまい、甘やかな体温を求めてしまう。

まだ正式に婚姻していないのにと思いつつも、触れられる熱は気持ちよくて、未知の体験も好奇心が疼く。

胸への愛撫とシルヴィオの艶やかな声を聴き、ジゼルの下着はすっかり秘部に貼りついていた。いつも下着を濡らしてしまうのだから、就寝中に履かない方がいいのかもしれない。

——って、それはそれで、期待しているみたいでイヤだわ……。

太ももをこすりつけたのを、目ざといシルヴィオは見逃さなかった。

シルヴィオはジゼルの素肌に触れていく。ネグリジェの隙間から手を差し込み、みぞおちから臍《へそ》のあたりまでを触り、そのくぼみを指でくるりとなぞった。

「ぁ――ッ」

「さあ、腰を上げて」

たっぷりと艶を含んだ美低音がジゼルの腰に直撃する。

身体は欲望に忠実なのか、はたまたシルヴィオの命令に忠実なのか。反射のように腰が勝手に上がってしまった。

その瞬間に、シルヴィオが自由な片手で器用にネグリジェを太ももあたりまで下ろしてしまった。脚を動かしているうちに、絡まっているネグリジェは脱げてしまうだろう。

「シルヴィオ様……！」

羞恥で顔を真っ赤にさせ、目の前の男を強く睨みつける。

「睨みつける表情すら愛らしいなんて、ジゼルは私を獣にさせるつもり？」

「真顔でなに言ってるんですか！」

もう獣じゃないか、と心の中で返した直後。ジゼルの足元からネグリジェも奪われた。

お腹も脚もスースーすると感じたときには、シルヴィオに脚を晒していた。

「いつ触っても、ジゼルの肌は気持ちいい。吸い付くような太ももの感触と適度な肉感。そして先ほどから漂う、男を惑わすかぐわしい匂い……」

「え、ま……ひゃあっ！」

脚を立たせられ、がばりと開かれた。目前に晒しているのは、ジゼルが気にしていた下着の状況だ。さんざん刺激されたおかげで、ぐじゅぐじゅになっている。空気に触れた瞬間、下着がひんやりとした。

「はあ……雄を惑わす匂いだ……」

生暖かい呼吸が下着にかかった。冷たさを帯びた布地には、ぐりぐりと押し付けられるものがある。シルヴィオの鼻だ。

直に嗅がれるのは慣れそうにない。やめてほしいが、身体は性的な興奮を覚えていた。

シルヴィオの舌先がぐりぐりと割れ目をなぞってくる。

くちゅん、という水音が響いた。

もうたっぷりジゼルの愛液をしみ込ませた布は、更なる愛液を受け止められないだろう。太ももに垂れてしまうのも時間の問題だ。

シルヴィオの熱い吐息が太もも付近にかかる。

「濡れたままなのは不快だろう。私が脱がしてあげよう」

――脱がす？　え、下着を脱がすってこと？

今まで直接見られたことはない。いつも最後の砦《とりで》は残されていたのだが、それを今取り払おうとしている。

薄い布地でも、あるのとないのでは大違い。ジゼルは咄嗟に抵抗した。

「いえ、いえ結構です……！」

「自分で脱ぎたい？　私の目の前で、ジゼルが自分で脱ぎたいの？」

「……！」

涙目になった。

この男に凝視されたまま、汚れた下着を脱ぐという羞恥体験は、全力で遠慮したい。

「ダメです、まだそこは、見ちゃイヤです……！」

「私はジゼルのすべてが見たい。可愛いあなたを愛《め》でたいし、もっと気持ちよくさせたいんだ。だから、諦めて」

隠すことを諦める。ジゼルは声にならない悲鳴を上げた。

「わ、私だって見たことないのに、やぁ……！」

腰の締め付けが弱まった。

紐《ひも》で結んであるだけの簡単な造りは、調整がしやすいが脱がせやすい。結び目は簡単にほどけ、シルヴィオの手に渡った。まさかそれを嗅ぐわけではあるまいな。

ジゼルは彼の手にあるパンツに視線を向けてからシルヴィオに視線を移した。

眉根をギュッと寄せ、懇願するように黙る。するとシルヴィオは寝台の端にその布地を放った。驚きの行動である。

「あのね、ジゼル。私が興味あるのはジゼル自身だ。あれはただの布だろう？　ジゼルを前にして何故あれに縋る必要がある」

——よかった、あれを目の前で嗅がれたら泣きだしていたかも……。

だが身の危険が迫っていることには変わりない。

いい加減暑かったのだろうシルヴィオは、おもむろに寝間着の釦《ボタン》を外し始めた。釦は全部外されていない。が、素肌が見える範囲が広がっただけで、ジゼルのドキドキが増した。

シルヴィオは身体を後方へずらし、ジゼルの秘所へ顔を近づけた。布地に阻まれていないむき出しの秘所が彼の眼前に晒される。

「ジゼルは美しいな……」

しとどに濡れた秘所を舌で直接舐められた。

「ふぁあ……ンッ」

はじめての感触に肌が総毛立つ。

ぴちゃぴちゃとした音が恥ずかしい。強く啜られたのは、自分が溢れさせた愛液だ。

「いやあ、そんなきたな……い」

「いいや、汚くなんかない。ジゼルが気持ちよくなってくれた証だ。この蜜も……甘い」

ぺろりと直接舐められて、腰がビクンと跳ねた。

「ハア、アア……」

頭がぼうっとする。

シルヴィオは上半身の服をすべて脱いだ。再びジゼルの秘所に顔を寄せる。

舌でぷっくりとした突起をつつかれ、その刺激が電流のようにジゼルの身体を巡った。

とぷとぷと蜜が溢れだすのが伝わって来る。

布地の上とはいえ、さんざん舐められたことはあるのに。直接されるのとでは、気持ちよさが違った。

「ん、あ……音、ヤァ……ッ」

じゅるじゅると啜る音が耳を犯してくる。

あらぬところでシルヴィオの体温も直接感じ、眩暈がしそうだ。

舌先で花芽をつつかれた後、強く吸い付かれる。

「あぁぁ――ッ！」

体内でくすぶっていた熱が弾けた。目の前が真っ白になってジゼルの身体から力が抜けた。頭がふわふわして、脱力する。

太ももの内側に、先ほど胸に刻まれたのと同じチリッとした痛みを感じた。あの赤い印がつけられたのだろう。

「……今夜はこの辺でやめておこうか。これ以上進んだら私の理性がもたなくなる」

上体を起こし、シルヴィオがジゼルの頭を労るように撫でた。

太ももに当たる熱い杭のようなものが、シルヴィオの欲望だろう。目を閉じても彼が発情していることが伝わって来る。

浅い呼吸を繰り返す。とろとろした眠気がジゼルを襲った。

額に貼りついた前髪をどけてくれる手が優しい。露わになった額に触れられたのは、シルヴィオの唇だ。

「おやすみ、ジゼル。明日はもっと気持ちよくさせてあげるから、楽しみにしてて」

それは結構です……、と口に出すこともできず。ジゼルは優しく頭を撫でて来る手を感じながら、ようやく意識を落とした。

第四章

未来のレオンカヴァルロ公爵夫人としての教育は多岐にわたる。

一般的な淑女教育の他に、貴族間の血縁関係、自国のみならず近隣諸国の歴史と経済、ルランターナと周辺国との貿易関係。加えて、国の文化遺産を管理する立場にあるシルヴィオを支えるとなると、ジゼルにもその知識が求められてくる。

美術の歴史については、ベルモンド家にいた頃から資料がたくさんあったおかげで問題ない。新たな知識も積極的に飲み込もうとする姿勢を、講師から高く評価された。

関心の高さにはふり幅があるが、ジゼルの持ち前の記憶力が功を成した。覚えることは得意なのだ。

しかし創作は好きでもあまり才能がないと自覚しているジゼルにとって、刺繍は得意ではない。貴族令嬢の嗜みとして、言われるがまま刺繍にも手を出したのだが、長年の付き合いであるサラからも首をひねられた。

「それは……、あ、キノコですか？」

「……可憐な鈴蘭《すずらん》のつもりだったんだけど」

「花でしたか～。でもどちらも植物に変わりないですよ、お嬢様！」

「ありがとう……」

ざっくりとした励ましを受けながら、ジゼルはそっと刺繍糸をしまった。

ここ最近、空いた時間はアトリエに籠る。シルヴィオが、ドレスや宝石よりもジゼルには画材や楽器の方が嬉しいだろうと、様々なものを購入してくるのだ。

兄のマルクスのように、楽器をすぐに弾きこなすことはできないが、弦楽器の美しい音色をぽろんぽろんと奏でるだけで心が癒される。

ジゼルはドレスから、汚れても構わない動きやすいワンピースに着替えて、白い壁の前に立った。そこには一枚の大きなキャンバスが飾られている。

それを見つめながら近づいたり遠ざかったりを繰り返し、寝床を探す子犬のようにクルクル同じ場所を回った。

「今度はなにをされてるんですか？」

長年ベルモンド家に仕えてきたサラは、一族の風変わりな一面を知っているので訝しがることはない。

「サラはこの絵をどう見る？」

率直な意見を尋ねると、サラは目を凝らすようにジゼルの作品を見つめた。

まだ完成していないが、鮮やかな色使いはジゼルの絵の特徴である。

見たものを写実的に、忠実に描くことが素晴らしいとされる風潮の中では、ジゼルの作品は斬新すぎて高く評価されないだろう。

サラは抽象的な風景画に見えることをそのまま伝えると、ジゼルは「うう〜ん」と唸った。

なにかが足りない、と思いつつもジゼルは色を重ねていく。愛用している筆は長年使っているものではなく、先日の骨董市でシルヴィオが購入してくれたものだ。持ち手がガラスで作られている美しい絵筆だが、使い心地もよくて気に入っている。

——風景画ならのびのび描けると思ったのだけど、これも難しいわね……。

悩むことも多いが、趣味に時間を使えることは幸せなことだ。

サラが休憩を提案し、ジゼルは筆を置いてアトリエを離れた。


アザレア城で暮らし始めてから早三ヶ月が経過した頃、ジゼルはシルヴィオと共に王城へ来ていた。

この日は王妃のお茶会に呼ばれている。早めに到着した二人は、温室の花を見に行こうとしたのだが、シルヴィオに急な呼び出しが入った。

「すまない、ジゼル。私は少しこの場を離れるが」

「はい、大丈夫です。ここでお待ちしていますね」

「ひとりでは心配だ。護衛の騎士を手配しよう」

あっという間にシルヴィオは近衛騎士を二人連れてきた。主に王族の警護をしている近衛騎士など、ジゼルには無縁な人材だ。勝手に借りるわけにもいかないと遠慮するが、シルヴィオの命令では彼らも断れない。

快く了承されてしまい、ジゼルは二人の騎士と温室前に残されてしまった。

「あの、すみません。ここから動きませんので、どうぞ楽になさってください」

「遠慮は無用です。こちらこそ、我々があまり近くにいるのは落ち着きませんでしょうし、この周辺を見張っていますので、どうぞゆっくりお楽しみください」

二人は二十代半ばくらいの品のいい青年だ。笑顔が爽やかで、きっと女性にモテるだろう。

サラも連れてくればよかったかしらと思いつつ、ジゼルははにかんだ笑顔を見せて温室へ入った。

温室で育てられているのは、季節を問わない色とりどりの花だった。

そろそろ秋に近づいてきたが、ここでは春の花が満開に咲いている。

どうやって室温調節がされているのだろう？　と首を傾げるが、ジゼルにその方法は見つけられない。意識を変えて、広々とした温室内の草花を見て回る。

白から薄紅色に色づくシャクヤクに、妖精のように可憐な花が愛らしい青色のネモフィラ。色鮮やかなペチュニアも花壇を華やかに彩っている。

「すごくいい香り。本当にいろんな種類があるのね」

中でも薔薇《ばら》が咲き誇る一画は圧巻だ。この場所だけで様々な品種の薔薇が満開に近い状態で咲いている。

シルヴィオはこれを見せたかったのかと納得した。一緒に見られたらよかったのにと思うが、彼の用事が済んだら二人でゆっくり回ればいい。

温室内に薔薇のアーチがあり、その中をゆっくりと歩く。大輪の薔薇は棘《とげ》の処理もされておらず自然の状態で咲いていた。ドレスにひっかけないように気をつけていると、薔薇のアーチを抜けた先の、小さな四阿《あずまや》に先客がいることに気づく。

——え、誰か倒れてる？

ベンチに横たわっている人影を見つけ、急いで近づいた。

はちみつ色の金髪は緩やかな癖っ毛で柔らかそうだ。白い肌は陶器のように滑らかだが、健康的な色をしている。

外見年齢は恐らく十代前半の少年だ。何故この場に横になっているのかわからないが、倒れているわけではなく眠っていることに安堵した。

「いくらここが温かくても、外で寝ていたら風邪をひいてしまうわね。……ねえ、起きて。ここで寝ていたら風邪をひいてしまうわよ？」

どこの誰かはわからないが、恐らく貴族の子息だろう。父親に連れて来られたまま温室に迷い込んでしまい、眠ってしまったのかもしれない。

まだ婚約中の身とはいえ、ジゼルにはシルヴィオがついている。こうして起こすこともきっと無礼にはならないはず……と思いながらもう一度呼びかけると、少年は目を擦りながらゆっくりと起き上がった。

「だれ……？」

二度、三度と瞬《まばた》きをした少年の目の焦点が、ようやくジゼルと合った。

瞳の色は吸い込まれそうな青。まだ幼さが残る少年の顔立ちは愛らしく、しかし数年もすれば見違えるほど男性的な魅力に溢れることだろう。

――すごい、カルロ・カフィの天使みたい……。

代表作の宗教画はこの王城の大広間にも飾られている。そこで描かれている天使が金髪に青い目をした少年なのだ。

青年と少年の間に位置する天使の微笑と、この少年がとてもよく似ていた。思わずじっくり眺めてしまうほどに。

起き上がった少年は、ふわりとジゼルに微笑んだ。

「僕がカルロ・カフィの天使に似てるなんてはじめて言われた」

「……っ、ごめんなさい、心の声が漏れてたわ」

思ったことを口に出していたなんて恥ずかしい。

さっと顔を赤くさせると、少年が立ち上がった。目線はジゼルより少し下だが、すぐに追い抜かされるだろう。

「残念ながら天使ではないんだ。……僕はジュリオ。あなたのお名前を訊いても？」

「私はジゼルよ。ジゼル・ベルモンド」

「はじめまして、ジゼル」

片手をすくって指先に口づけられた。その仕草にぎこちなさはなく、ジゼルは思わず魅入ってしまう。随分と慣れているようだ。

だが年齢より背伸びした振る舞いはすぐに消え、次の瞬間には年相応な少年のように、無邪気にジゼルに微笑んだ。

「この温室を散策してるの？　よかったら僕が案内してあげるよ」

「それは嬉しいわ。ありがとう」

にっこりと笑いかけてくれる姿を見て、ジゼルの心がキュンと高鳴る。なんて可愛らしいのだろう。思えば弟が欲しいと思ったこともあった。

残念ながら末っ子のジゼルが、年長者らしい振る舞いができたことはなかったが、もし弟がいたらこんな感じだろうと思わせてくれる。

「ここの薔薇のアーチは、一年中綺麗に花を咲かせているんだって。季節によって色は変化してくるけれど、不思議なことに冬になると赤い薔薇が多く咲くそうだよ。春は薄紅色と黄色が多いとか」

「詳しいのね。温室で育てられているのに、季節によって色が変わるっていうのは不思議だわ」

「どうしてなのかわからないけど、綺麗でしょ」

薔薇とは反対側に向かうと、様々なハーブが栽培されていた。ジュリオがしゃがむので、

ジゼルもドレスが地面につかないように気をつけながら、器用にしゃがんだ。

「これはハーブティーに入れるとおいしい。こっちは滋養強壮の薬草として使われている。あとこちらは傷薬にもなるし、その隣は解熱にも使える」

「すごいわ、博識なのね！　私の侍女がハーブティーを淹れるのが得意なのよ。彼女がいたらすごく喜んだと思うわ」

「一緒には来ていないの？」

「ええ、お留守番をしているの。私はシルヴィオ様……えっと、レオンカヴァルロ公爵と一緒に来たのだけど、少しここで待っててほしいと言われて」

「置いてけぼりにされちゃったの？」

しゅん、と眉を下げられたので、ジゼルは笑顔で首を振った。

「お仕事で呼び出されてしまったけど、すぐに戻って来るって仰ってたわ。それにあなたに案内していただけて楽しいもの。ありがとう」

「それはよかった」とにっこり笑ったジュリオの笑顔が大人びていたように見えたが、すぐに彼は無邪気な天使に戻った。

少し歩いたところで、温室の外からジゼルを呼ぶ声が聞こえる。

「ジゼル、待たせてすまない。そろそろ行こうか」

「シルヴィオ様」

体感時間的にはそんなに経っていないが、王妃のお茶会に向かうにはちょうどいい時間だと言われて驚いた。シルヴィオの用事も思った以上に時間がかかったらしいが、ジゼルが温室に夢中だったため気づかなかった。

「ひとりで寂しかっただろう」

ジゼルの手を握りしめたシルヴィオに、ジゼルは「いいえ」と首を振った。ジュリオが案内してくれたからと彼を紹介しようとしたが、振り返った先に彼の姿が見えない。

――あれ、ジュリオがいない？

「ジゼル？　どうかした？」

「えっと……、さっきまで天使のように可愛い少年が案内してくれていたんだけど、姿が見えなくて……本当に天使だったのかしら？」

「出口はここしかないはずなんだが……。私とジゼルの息子なら天使のように可愛い子が生まれると思わないか？」

急に色めいたことを耳元で囁かれ、ジゼルは咄嗟に耳を押さえた。顔はもはや条件反射で赤くなってしまう。

「み、耳元で囁くのは禁止ですっ」

「残念。私はジゼルの可愛い反応が見たいんだが」

「～～っ、外ではダメです」

「では寝室でじっくりならいいんだな。今夜を楽しみにしてよう」

すかさず腰を抱かれ、温室の外へ誘導される。

シルヴィオの油断も隙もない振る舞いに反抗するのは到底無理というもので、ジゼルはなんとか平常心を保ちながら王妃が主催する茶会のテラスへ赴いた。

◆◇◆

「――サンドロ・デミアーニ？」

聞き覚えのない名前に、シルヴィオは首を傾げた。

芸術家の名を無断で使い、模造品を売買する違法行為を取り締まる部署から報告を受けた。一部の貴族たちの間では、その画家を囲おうとしている動きがあるそうだ。彼らの動向に目を向けておいた方がいいという忠告でもあった。

「あなたが引っかかるというなら、注意しておいた方がいいな」

「随分高く買ってくれてますね、嬉しいなあ。まあ、私の思い過ごしならいいんですがね～」

飄々《ひょうひょう》と返事をしたのが、その部署を治める長官、イヴァン・コルヴィア。

記憶に残らない、際立った特徴のない顔……というのが、諜報《ちょうほう》業務も請け負う男の最大の特徴であり利点である。軽い口調で掴みどころのない性格だが、情報収集に長けており優秀な男だ。

高すぎず低すぎない、小声でも耳にスッと入って来る声で、イヴァンはシルヴィオに不審な点を説明していた。

「……若手芸術家に支援者《パトロン》がつくのはおかしなことじゃないが、今までどこにも出展をしてこなかった無名の画家というのも引っかかるな」

王家が芸術家を支援するためのアカデミーを創設して以来、ルランターナは数々の芸術家や音楽家を世に送り出してきた。

裕福な商人や貴族なら、衣食住に困らずに好きなだけ時間を使うことができるだろうが、市井に暮らす一般市民はそうもいかない。

芸術を続けるには金と時間、そして人脈がいる。いくら才能があっても、注目を浴びる人間は一握りだ。また暮らしを保証し、好きなだけ創作活動を続けられるだけの支援が必要になる。

後にその芸術家が有名になれば、初期作品の価格も高騰する。金の卵を生み出し、後世に名を遺すことも可能になるのだ。

若手の芸術家たちが有名になる前に、我先に囲おうとする裕福な商人や貴族は少なくはない。積極的な支援さえあれば素晴らしい作品を生み出せるなら、存分に有り余っている資金を有効活用していただきたいし、社会貢献に繋がるだろう。

しかし、それが犯罪に関わるような行為に発展するなら話は別だ。

「まず特徴的なのが色です。絵画に使われている濃い紫色なんですがね、今まで見たことのない深みと光沢があるそうなんですよ。そう多くは使われていないそうなんですが、まあ少量でも目立つというか、新しいもの好きな貴族の興味を引いたんでしょうね～」

「新しい色か」

――ジゼルが聞いたら食いつきそうだな。

見たことのない深みと光沢のある紫色。新しい顔料が作られでもしない限り、そんな色は出せそうにない。

ルランターナの市場に出ている顔料の原産地は、主にこの国で作られたものだ。絵画に使える顔料の登録などは行っていないし、制限があるわけでもない。毒性のある顔料が発見された報告も受けていないからだ。

美しい色が人を魅了するのは仕方ないとはいえ、なんの支援も受けていない無名の画家が、そのような色を作り出せるのかという疑問も湧く。

「で、他にはなにが引っかかるんだ？」

「我々が把握しているのは、新進気鋭の画家がサンドロ・デミアーニという名前であること。しかし誰も姿を見たことがなく、囲おうとしている貴族たちも本人が見つからず、情報収集に走っていること」

「は？　そこまで人気なのに画家の正体を誰も知らない？　ならばどうやって売られている」

「それも調査が必要なんですが、どうもはじめは不定期に露店で売られていたそうですよ。今は露店ですら売られてなく、どこで流通しているのか不明なんですがね」

「露店で売られていたところを誰かの目につき、注目を集めたのか」

そういうこととも珍しくはない。

アカデミーの推薦枠には、最初は人が多く集まる市場で作品を展示していた者も少なくはないのだ。芸術は誰かの目に触れなければ、価値が生まれにくい。人の心に触れてはじめて作品が評価される。

「しかもはじめから売り子が画家本人ではなかったらしく、場所もどこで売られているかわからない。けれど今のところその色を使っているのがサンドロ・デミアーニだけだから、ひょんなところで彼の作品と遭遇したりするって、ちょっと面白い話ですよね～」

「まあ、面白いと言えば面白いが、表に出たがらない理由があるんだろ」

「ええ、さすが閣下。その通りです」

イヴァンがへらりと笑った。

手の内を全部は見せない男だ、まだまだ隠している情報がありそうだ。

――優秀だが、苦手な男だな……。

シルヴィオが内心思っていることも気づいているのかいないのか。

軽快な口調で、イヴァンはサンドロ・デミアーニが描く絵画の続きを話した。

「実物を見たことがないので噂程度でしか知らないんですがね、その絵を見ていると、不思議と高揚した気分になり、〝気持ちよくなってくる〟という評判もあるんですって」

「眺めているだけで気持ちよくなる？　なんだそれは。意味がわからない」

胡散臭《うさん》いものを眺める目で、シルヴィオはイヴァンを見つめた。

だが男の表情はへらりと笑ったままで、嘘《うそ》や冗談を言っているようには見えない。

「言ったでしょう、私も実物は見たことがないから噂でしか知らないと。ですが、サンドロ・デミアーニの魅力が色と高揚感なら、新しいもの好きな貴族が囲おうとするのも納得でしょう」

「厄介事にしか聞こえんな……」

まだ一部の人間にしか評判が広まっていないため、情報規制をすることは可能だ。彼を囲おうとする貴族も、情報を流してみすみす他家に奪われたくないだろう。なにか問い詰められたとしても、噂話に信憑性がなく調べていたとでも言えばいい。

「誰も画家本人を見たことがないのでは、その名前も本名かわからないな」

芸術家の名前が本名だとも限らない。

時折作品を売る名前と本名を分ける芸術家はいるが、ほとんどの者は本名のまま名乗っている。売れたときに家名にも箔《はく》が付くため、偽名を使う意味がないからだ。

聞けば聞くほど、きちんと調査をした方が安全だ。

なにもなければいいが、高揚感を得られる絵など毒性を疑った方がいい。噂によると酒を飲んだ後の酩酊感が味わえるそうだが、その噂が広まる前に動かねばいけない。

「時折市場の露店に紛れて売られていると言っていたな。まだ続いているのか」

「王都の骨董市でもそれらしきものを見つけたと部下が言ってまして、それ以降たびたび視察をしているんですが、幻のようにあったりなかったり。手こずらせるんですよね～看板があるわけでもないんで、少ない情報を頼りに捜索を続けさせてます」

公で情報を求めることもできないとなると、足と目を頼りに捜し歩くしかないようだ。

「ところで、その絵が不可解な病状でも起こしたという話はあるのか？」

「いえ～、今のところそこまでは聞いてないですねぇ。ですがカルト的な人気というものはなにを起こすかわかりませんし、慎重に調査させてますよ」

「わかった、こちらでも気をつけておこう。コルヴィア長官も、なにかわかったら教えてほしい」

「ええ、もちろんです。あ、噂の婚約者殿にはくれぐれも首を突っ込ませないようにしてくださいね～閣下は仕事を家庭に持ち込まない人だとは思ってますが」

絵画がお好きでしょ？　と、ジゼルのことを言われてしまい、シルヴィオは思わず唸りそうになった。この男に余計な心配をされるのも、ジゼルの情報が漏れていることも気に障る。

最後まで食えない笑顔を見せながら、イヴァンはシルヴィオの執務室を辞した。短時間しか執務室にはいなかったのに、疲労感が押し寄せてくる。

重い溜息を吐き出して、シルヴィオは思案する。

「……さて、なにか問題が起きてしまってからでは遅いからな。思い過ごしならいいが、その噂話がどこまで本当なのやら……」

見ている誰もが酩酊感を味わえて気持ちよくなれる絵など、あるはずがない。

芸術の副産物的な効能なら喜ばしいが、全員が同じ気分になるなど、薬物を使わない限り不可能だ。

自然と眉間に皺が寄った。人の感情を操れるなど、呪《まじな》い的な要素が絵に込められているわけでもあるまい。時代錯誤も甚だしい。

「こっちでも調査してみるか」

そうイヴァンの話を聞いたのが、二週間前のことだった。

シルヴィオの執務室には、布で厳重に包まれた二枚のキャンバスが運び込まれた。

時間をかけてようやく見つけたのがたった二枚だ。

どちらもそれほど大きくはない。小脇に抱えて持ち運べるくらいの大きさだ。

名前の記載がなく、無記名で売られていた絵画だが、サンドロ・デミアーニの作品の特徴とよく似ていた。

深みと光沢のある紫色が使用され、見ているものをどことなく気持ちよくさせる絵……として、イヴァンの部下が購入し、イヴァンも十中八九本物だろうと確信しているものだ。色以外の特徴も一致する。

手袋を着用し、シルヴィオがキャンバスにまかれていた布をほどく。

一枚目の作品は、肖像画だった。それをじっくりと眺めていく。

「ふむ……、背景はなく灰色でぼやかしているな。だがその分人物がはっきりとした印象になるように描かれている。目を伏せて憂いが垣間見える表情が、どことなく少女特有の色気を感じさせる。少々粗削りなところもあるが、筋はいい」

「へえ～、閣下がそういうのなら、本当に将来大成する可能性のある画家なんですね～」

「するかどうかはわからないが、才能はあると思う。が、問題はこの色か……」

「それと絵の副産物ですね～」

　身近な人物を描いたのだろう。宝飾類もなく装いは質素だが、首元にあるリボンの色が紫だった。

　これは確かに今まで見たことのない深みのある濃い紫色だ。光の加減で、艶やかな光沢があるようにも見える。

　実際塗られている範囲が狭いので、それだけでサンドロ・デミアーニのものと断言するのは難しそうだ。しかし描き方の癖と、珍しい色が他の絵にも使われていたら、同じ画家のもので間違いないだろう。

「紫は青と赤の調合で作られる。青か赤の顔料のどちらかが今まで流通されていない色か……」

「独自で開発した色ってこともありえますよねぇ」

　近隣国で使われている顔料を洗いざらい調べる必要もありそうだ。もしかしたらサンドロ・デミアーニ自身が、他国から流れてきた者かもしれない。

「それで、コルヴィア長官はこれを見て気分に変化は？」

「私はまったく感じないんですね～こういうのは鈍いんですよ。薬物反応とかには無駄に耐性がついちゃってるんで。閣下ほどではないですが」

「私は一般的な王族が受ける特訓しかしたことがないぞ。少々毒物を口にしても腹を下す程度だ」

外的な要因で精神を惑わされない特訓も受けているため、副産物である気持ちよくなるというのが感じられない。

その原因が色なのか、絵全体が持つ不思議な魅力なのかもわからない状態だ。

——ジゼルならどう感じるだろうか……いや、巻き込むつもりはさらさらないが、感受性の豊かな彼女の意見も気になる。

素直な彼女の方が、敏感になにかを感じ取れただろうと思ってしまう。毎日朝は顔を会わせ、夜だってなるべく早くアザレア城に戻っているのに、少し離れているだけですぐに会いたくなってしまう。仕事中に愛しい女性を思い出すなど、少し前の自分には考えられなかったことだ。

「もう一枚も開けますよー」とイヴァンの気の抜けた声で現実に引き戻され、思考を切り替えた。

次に現れたのは静止画だ。

テーブルの上に置かれたたくさんの林檎《りんご》と銀食器にグラス、葡萄《ぶどう》の房。

林檎は瑞々しく新鮮に見えるが、そう描かれているのは中央にあるものだけだ。端の林檎は水分が失われた、腐り始めた林檎だ。

テーブルには銀食器のナイフとフォークが置かれており、紫と緑の葡萄の房も描かれている。こちらはどちらも新鮮に見えた。

「銀食器があるということは、庶民の家ではないのか？」

「貴族か裕福な商人に招かれた先で描いた可能性もありそうですね～」

「林檎の腐敗が浸食されていくように描かれているのは、比喩《ひゆ》なのか風刺なのか」

「ドロドロですもんねぇ、お貴族様なんて」

イヴァンの呟きには同意せず、シルヴィオは無言を貫いた。

紫色のものは、ここではとてもよくわかりやすい。たわわに実った葡萄の房だ。

「確かに先ほどのリボンと同じ色だな。同じ成分で調合された色だろう」

二枚の絵を見比べると、サンドロ・デミアーニの癖というものが見えて来る。

一見綺麗なようでいて、綺麗だけではない。一枚目の肖像画も、少女が伏し目で振り返った姿だが、よく見ると少したくし上げられたスカートの裾からふくらはぎが覗いていた。まるで娼婦《しょうふ》の片鱗《へんりん》を見せられたかのような、見る人の欲望が浮き彫りにさせられた気分になる。

シルヴィオはちらりとイヴァンの様子を伺った。少し会わなければ思い出せないような特徴のない顔は、へらりとした笑みを浮かべたままだった。

「私は酒に強いんですよね～酩酊感っていうのもいまいちわからないんでした。閣下はいかがですか？」

「私は……」

特になにも感じない。そう言おうとしたところで、シルヴィオの鼻腔がなにかを嗅ぎ取った。

鼻の奥がムズッとする。不快感を吐き出したくなるような奇妙な臭いだ。今まで嗅いだことがなく、気分は良くない。

無意識的に呼吸を止めてしまったが、微量の臭い物質はシルヴィオの体内へ吸収された。

不自然に言葉を飲み込んだシルヴィオを伺うように、イヴァンが見つめてくる。自分が感じた些細な不快感を無視して、シルヴィオは軽く頭を振った。

「まったく気持ちよさなどは感じないな。婚約者を抱きしめている方が心地いい」

「おや、これはこれは、仲睦まじいことで。独り身には毒ですな」

飄々と答えたイヴァンだが、彼の部下は大多数の人間と同じような心地になったそうだ。酩酊感に似た気持ちよさ。思考がふわふわとしてまとまらなくなり、ただなんとなく気持ちいいと感じるのだと。

今の段階では害があるのかもわからない。

引き続き調査をしようと締めくくり、その二枚の絵はイヴァンに持ち帰ってもらった。

扉が閉まったと同時に、シルヴィオは大きく息を吐いた。

冷たい水をグラスに注ぎ、一気に呷《あお》る。だが不快感は消えてくれない。

「なんだ、この気分の悪さは……」

軽度の眩暈を感じる。胃の奥がムカムカとして落ち着かない。

しばらく休んでいれば良くなるかと思ったが、じっとしていたらますます気分が悪くなりそうだ。

執務室を出て、シルヴィオは早々に仕事を切り上げた。急ぎだと押し付けられた書類はアザレア城に持ち帰って目を通すことにした。

今は早くこの気分の悪さをどうにかせねば。

帰りの馬車の中で、シルヴィオは己の体調不良の原因について考えていた。

◆◇◆

シルヴィオの血の気のない顔色を見た瞬間、ジゼルはサッと顔を青ざめさせた。

「シルヴィオ様、具合が悪いのですか。顔色が真っ青ですよ」

「心配させてすまない、少し気分が優れないだけだ。しばらく横になりたい」

ディーノにお願いし、シルヴィオの身体を支えてもらった。ジゼルも寝室まで後をついて行く。

足取りはしっかりしていたが、眉間に深く刻まれた皺が彼の体調の悪さを物語っていた。

寝台に横になったシルヴィオに、ディーノは医師の手配をすると言った。

「いや、必要ない……。横になっていれば治る」

「ですが、旦那様に万が一のことがあっては」

「問題ない、大丈夫だ」

目元を腕で覆いながら、シルヴィオはディーノを寝室から追いやった。ひとりで寝かせていた方がいいだろうと、ジゼルも彼の後に続こうとする。

「ジゼル、行くな」

「……っ！」

薄っすらと開いた目がジゼルを見つめてくる。

熱はなさそうだが、その目は僅かに潤んでいるようだ。どことなく色香が漂う表情に、ジゼルは息を呑んで寝台の傍に近寄った。

──体調が悪いときでも色っぽいって、本当目に毒だわ……。

「あの、大丈夫ですか？　喉は乾いてませんか」

「……喉は乾いてな……いや、乾いている。すまないが水をくれないか」

途中でなにかを思いついたかのように、シルヴィオが意見を変えた。

今乾いていないって言いそうでしたよね、と思いつつも、ジゼルは常備されている水差しからグラスに水を注いだ。

それをシルヴィオに手渡そうとしたが、彼はジゼルをじっと見上げてきた。

「ありがとう、……だが身体が怠《だる》くて起き上がれそうにない」

「え、それでしたらなにか飲みやすい容器を探して……」

「ジゼルが水を飲ませてくれないか」

──ん？

ぴたっとジゼルの思考が一時停止した。

寝ている人間に水を飲ませたことは一度もない。こんなときに限ってふかふかなクッションなども見当たらないのでは、上体を起こして支えるのも難しい。

体調不良なのは本当だろう。じっと見つめてくる眼差しも、いつもより光が弱い。しかし、彼が言うお願いを叶えるためには、ひとつしか方法がなくて──。

「……えっと、まさか口移しでとか……？」

「ああ……そうだ。口移しで飲ませてくれないか」

シルヴィオはジゼルに、熱はなく風邪でもないと伝えた。感染するような体調不良ではないと言い安心させるが、その言葉にジゼルは覚悟を決めた。

──具合の悪い人にそんな気遣いをさせてしまうなんて、我が家の恥だわ。

そんな心配は無用だ。ジゼルは滅多に風邪をひいたり、寝込んだこともないのだから。

恥ずかしさを忘れ、ジゼルはグイッとグラスを呷った。

口の中で水が温まっていく。

顔色は悪いが、彼の目は期待と熱を孕《はら》んでいた。黙ってジゼルの行動を見つめてくる彼に近づくため、ジゼルは寝台に片膝を乗せた。

重心が傾く。バネがきいた寝台に慎重に乗り上げ、水を零さないようにシルヴィオの身体をまたいだ。両手で頬を固定して、彼の端整な顔をじっと見つめる。

——顔が冷たい。体温が下がっている。でもこの目だけはいつも以上に熱いわ。

瞼を閉じて、そっとシルヴィオの唇に、はじめて自分から己のものを重ねた。

薄く開いた彼の唇に、慎重に口内に留めていた水を移していく。

「ん……っ」

鼻から抜けるような吐息が漏れた。色っぽさはないのに、情事の行為に近くて心拍数が上がる。

シルヴィオの喉がコクリと上下した。自分が含んでいた水をちゃんと飲めたらしい。

ジゼルは彼の口内に舌を差し込み、すべて飲み干したかを確認した。その瞬間、シルヴィオが驚いたように目をパチっと開けたのだが、瞼を閉じていたジゼルは滅多に見られない彼の驚きを見逃していた。

「……まだ飲みたいですか？」

「まだ足りない」

顔を離して確認すると、シルヴィオから水を催促された。

サイドテーブルに置かれたグラスを手にして、ふたたび水を口に含む。四つん這いでシルヴィオのもとへ戻り、先ほどよりも滑らかに彼の口内へ水を流していく。

——零さずに飲ませられてよかった。

ゆっくりと移したので、彼もむせることなく水を嚥下《えんげ》した。これなら大丈夫だろうと、先ほどしたように舌で確認せずに唇を離そうとしたら、シルヴィオから不満を呟かれた。

「……先ほどは熱烈にジゼルが舌を差し込んできたのに、何故二回目はなしなんだ」

「ね、熱烈って……あれはただ水を全部飲めたか確認しようと思って」

身体を起こしてシルヴィオから離れると、彼の美貌が不機嫌そうに歪《ゆが》んだ。

出会った当初は常に眩しい笑顔を見せられて翻弄されていたが、負の感情を見ることはなかった。はっきりと心の赴くままの感情を見ると、ジゼルの心もなにやらむず痒《がゆ》い心地になる。

――どうしよう、いろんな感情を見られるのが嬉しい。

自分でも戸惑いを感じつつも、ジゼルはコホンと咳払《せきばら》いをした。

「他意はなかったんです、口移しで水を飲ませただけで」

「それならば、私がお願いをしたらジゼルからキスをしてくれる？」

「っ……、えっと……」

視線を彷徨わせた後、ジゼルは小さく頷いた。

いざキスをしようと思うと恥ずかしさが湧くが、先ほどと同じく目を瞑ってしまえば問題ない。……多分。

そんなジゼルの心情もシルヴィオには筒抜けなのだろう。先ほどよりも顔色が僅かに良くなっている。

「キスはジゼルからしたいと思ったときにしてくれたらいい。だが今は、私を抱きしめてくれないか」

「抱きしめるって、もしかして寒いですか？」

やはり熱があるのだろうか。

ジゼルが手を伸ばそうとしたら、シルヴィオは緩く首を振った。

「あなたの匂いに包まれたい。身体を抱きしめて存在を確かめたら、きっと落ち着く」

じっと見つめられながら懇願されると、イヤだなんて言えない。

自分からシルヴィオを抱きしめるなんて今までしたことがなかったが、ジゼルの腕は自然と伸びていた。寝具をめくり、シルヴィオの隣に身体を横たわらせる。

横からギユッと彼を抱きしめると、シルヴィオがふわりと微笑んだ気配が伝わった。

「重くないですか？」

「いや、まったく。もっと私に体重を預けていい」

「具合の悪い人にそんなことはできません」

シルヴィオがジゼルを抱きしめ返す。身体は彼の上に乗っかるような体勢になってしまった。

なるべく体重をかけないように分散したいが、抱きしめるというより抱きしめられているジゼルが身動きを取るのも難しい。

「ジゼルの身体の柔らかさと、体温と匂いがとても落ち着く」

「……っ」

ギュッと腕に力がこもった。耳元で溜息混じりに囁かれると、ジゼルの身体の奥がビクンと反応してしまう。

スーハーと荒い呼吸音が頭上から聞こえてきた。ジゼルにはやはりわからないが、彼が好きな匂い物質が自分から放出されているのだと思うと、特殊な体質でよかったと思う。

「こうしていると、気分が悪かったのも落ち着くな……」

「……それはよかったです。存分に抱きしめて、早く良くなってくださいね」

ここ最近、仕事も忙しかったようだ。夕食に間に合わない日も続いていたが、忙しいなら王城に泊った方がいいのではと思っていた。

――お忙しいのに無理をして帰って来るから……。

時間の短縮のために、馬車は使わず馬で王都まで駆ける日も増えていた。今日は騎乗する気力もなかったのだろう。

そろそろ眠りに落ちるだろうかと思っていたが、逆だった。

寝具の中でジゼルの背中の釦は外されていた。シルヴィオが寝具をはがし、ジゼルの身体を仰向《あおむ》けに寝かせると、流れる動作で彼女の身体からドレスを剝ぎ取ってしまう。

「え、ええ！」

コルセットに手をかけられて、紐を緩められた。急な展開にジゼルは慌ててシルヴィオの手を摑んだ。

「なんですか急に？　どうして脱がそうと……」

「もっと直接あなたを確かめたいからだ。そのためには服が邪魔だ」

上体を起こしたシルヴィオが、自身の衣服も脱ぎ始めた。唖然としている間に素肌が晒される。

具合が悪いんじゃなかったのかとか、こんな体調のまま裸になるなんてなにを考えているんだろうとか、ああでも私を抱きしめていた方が具合が良くなるなら仕方ないのか……と、ジゼルの思考はぐるぐる回転していた。

どう対処するのが正解かわからない。が、コルセットも剝ぎ取られてまろびでた柔らかな双丘を、シルヴィオが愛おし気に触れては赤い実に口づけた。

「ン……ッ！」

片手で乳房を揉まれながら、片方の胸は口で愛撫をされている。どうしてこのようなことになったのか、理解が追いつかない。

徐々に赤い実はシルヴィオの口内の中で存在を主張し、彼の舌先に翻弄される。

胸から唇を離すと、今度は胸の谷間や白い首など、至る所に赤い花をつけられた。

「アア……ン、やぁ……っ」

ジゼルの甘やかな拒絶を無視し、シルヴィオは乙女の柔肌を堪能する。

シルヴィオの手や口で触れられる箇所が熱い。次第にジゼルの体温は高められ、身体の奥から熾火《おきび》のように熱がくすぶりだした。

「ジゼル……」

吐息混じりの美声に、ジゼルの腰がビクンと跳ねた。

まだかろうじて乙女なのに、身体はすっかり快楽を覚えてしまっていた。自分の身体はシルヴィオの体温と声が特別好きで、その声で囁かれるだけで蜜を零してしまう。

ムズムズとした疼きはもう無視できない。腹の奥から溢れるもので、ジゼルの下着をしっとりと濡らしている。

くちゅんと聞こえた音は、自分が零してしまった蜜が奏でた音。吸いきれなくなった下着はただの布と化している。

こんなに濡らしているのだと気づかれたくない。その一心で、ジゼルはシルヴィオを見上げたが、視線が合った彼はジゼルの唇を塞いできた。

「んんー！」

先ほどまで冷えていると感じていたシルヴィオの頬は上気していた。気分が優れないと言っていたが、顔色は随分よくなっている。

言葉少なに求められて、シルヴィオの突然の変化について行けない。

一体なにが彼を欲情させてしまったのかわからないが、ジゼルの身体は確実にシルヴィオの愛撫に応えていた。

不埒な手が胸の先端をかすめ、そのまま臍へと下りていく。

その手が秘められた場所に伸びたのに気づくが、口内をシルヴィオの舌に攻められている状態では抵抗もできない。

淫靡な水音が鼓膜を刺激し、羞恥から更なる蜜を零してしまった。キスをしたまま、シルヴィオが器用にも微笑んだのを感じた。

「すっかり感じやすくなってしまったね、ジゼルはどれだけ私を悦ばせるのだろう」

「ぁああ……ンッ」

抵抗もなくあっさり指を二本飲み込んだ。

凄絶な色香を振りまきながら、シルヴィオがジゼルの名を呼んだ。その声には愛しさが混ざっている。

ぬるぬるとした愛液が絶え間なく溢れ、シルヴィオの指を濡らす。浅く深く中を刺激されると、思考は快楽の色へ塗り替えられていった。

——ダメ、……気持ちいい……。

指が抜かれた瞬間に寂しさを覚えるとか、もはや純潔の乙女の思考ではありえないと思いつつも、もっと刺激を期待してしまう。

シルヴィオの肌と触れ合うのも、声を聴けるのも、彼に見つめられるだけで満たされる気持ちになるのも、理由はひとつしかないことに気づいていた。

——体調が悪いのに、止めなきゃいけないのに——。

求められるのが嬉しいなんて、どうしたらいいのだろう。

「雄を惑わす甘美な匂いだ——」と呟きながら恥ずかしい場所を舐める人を、拒絶よりも愛おしさが湧いてくる。

時折舌で花芽を刺激されながら愛液を啜られ、ようやくシルヴィオが身体を起こしたとき、彼の体調はすっかり元に戻ったように見えた。

荒い呼吸を繰り返し、見下ろしてくる姿に胸が大きく高鳴る。

膝立ちをしている彼の下腹部には、存在を隠しきれない太くて長い杭が視界の邪魔をしても――。

――……無理、無理無理無理、まだダメよ！　正式に婚姻するまでは受け入れるわけにはいかない……！

一瞬で思考が現実に戻った。

身体は空洞を早く埋めてもらいたいと切なさを訴えてくるが、理性でそれを却下する。

快楽に流されてうっかり妊娠でもしてしまったら、婚姻式のドレスも着られなくなってしまう。父親にも申し訳が立たない。……あまり常識にとらわれる人ではないが、一応貴族としてそのような事態は好ましくないはずだ。

「はぁ……、ジゼルの中に入りたくてたまらない……」

「ッ！　だ、ダメです……！」

まだまだ時間をかけてたっぷりならしておかないと、シルヴィオの欲望は受け入れられない。体格差もあるが、初心者には厳しい大きさだ。きちんと事前に準備をしておかなければ、絶対に裂けてしまう。

「わかってる、だから今は……」

劣情を孕んだ獣の目をしながら、シルヴィオは僅かな理性を総動員してくれたらしい。ジゼルの願いを聞き入れ、彼女の両脚を閉じさせた。

——え？

脚は浮かせ、膝を立てたまま太ももを合わせられた。そしてシルヴィオが隘路《あいろ》を押し進めない代わりに、合わさった股の間に屹立をねじ込んだ。

「え、あん——っ！」

グチュッと愛液と肉杭が擦れる音がした。

中には入っていないが、太ももの間に挟んだまま律動されると、花芽が擦れて気持ちいい。実際に抽挿されている気分になる。

「はぁ、アアン……」

「ああ、ジゼル……ッ」

ズッ、ズッと肉同士が擦れる音がいやらしい。時折混ざる水音も、ジゼルの快楽を増幅させる。

——これって、これって……！

よくわからないが、とても恥ずかしくて、感じてしまう。

色っぽい吐息を漏らすシルヴィオの顔を見つめているだけで、ジゼルもキュンッと身体の疼きが増した。

互いの気持ちよさを高め合い――、シルヴィオの欲望がジゼルの胸元めがけて勢いよく爆《は》ぜた。

生暖かい液体が肌を汚す。

形容しがたい臭いをぼんやりと感じながら、ジゼルは荒い呼吸を整えていた。

――……大人の階段をまた数段登ってしまったわ……。

どこが頂上なのかは見えないが、確実に経験値は上がっていた。

シルヴィオは先ほどまでの体調不良が治ったかのように、軽い足取りで浴室に向かい、ジゼルの肌を拭う濡れタオルを用意した。

「すまない、ジゼル。私の欲望で汚してしまった」

「いえ、謝らないでください。私も……気持ちよかったです」

ぴたりとシルヴィオの手が止まる。驚いた表情を浮かべた彼は、すぐにジゼルを胸の中に閉じ込めた。

「私は嫌われていないんだな」

「……嫌うはずがありません。お傍にいたいって、思ってます」

「ジゼルっ」

「でも今は、大人しく寝ててくださいね。あ、その前に私のコルセットをつけるの手伝ってください」

「もちろんだ」

ジゼルに触れていたことで、シルヴィオは先ほどまで感じていた不調が消えたと言った。嘘かもしれないが、それでもジゼルは良かったと安堵したのだった。

第五章

「こっちだよ、ジゼル」

「ま、待って、ジュリオ。私やっぱり……」

「もうすぐそこだよ、この角を曲がったところにあるんだ。ジゼルだって見たいでしょ？今話題の画家の作品」

「う……っ」

ジュリオにぐいぐいと手を引かれながら歩いているジゼルは、否定するべきところができなかった。芸術愛好家は興味が惹かれるものに弱い。欲望をつつかれれば、理性より好奇心の方が勝ってしまう。

ジゼルは少しだけと言い訳をしつつ、天使と見紛《みまが》うジュリオの後をついて行った。


秋も深まって来たある日。ジゼルはシルヴィオと共に王都に来ていた。

市場を巡り、王城へ共にやって来たのだが、シルヴィオは仕事で少しの間席を外すことになった。その間ジゼルはすぐ近くにある画廊を歩き、ゆったりと美術鑑賞を楽しみながら、どこからか聞こえてくる弦楽器の音色に耳を傾けていた。

——ふふ、楽しそうな音色。楽器を弾き始めてまだ間もないのかしら。

楽器の奏者はまだ初心者のようで、演奏も滑らかとは言い難い。時折聞こえてくる同じ楽器の演奏は、きっと教える側なのだろう。とても美しく情緒豊かに響く。

同じ譜面を繰り返し弾いていると、たどたどしかった音色が上達してきた。その一生懸命な音がジゼルも応援したくなる。

——そういえばお兄様は、どこで楽器を弾いていらっしゃるのかしら。

ベルモンド家の次期伯爵であるマルクスは、何種類もの弦楽器を弾きこなす音楽家としても有名だ。彼の演奏は、芸術と愛を尊重するこの国の人間に、こよなく愛されている。情熱的で煽情的な音色。その音は特に女性の心に染み入るらしく、数多の女性をうっとりさせる。

彼の才能を純粋にすごいと思うが、「僕の演奏で落とせない女性はいないさ」と豪語するマルクスには頷きがたい。

素晴らしい演奏をするのに性格が残念なのも、ベルモンド家なら仕方ないの一言で済まされてしまう。いいのか、そんなんで……と、ジゼルも世間の常識に少々物言いたくなる。

そんなマルクスだが、時折王城内で演奏を披露しているらしい。

しばらく会えていないし、登城したときに都合が合えば、顔を見て話がしたい。

家族と手紙のやり取りはしているが、もう四ヶ月も顔を見ていないのだ。

「みんな元気かしら」

ジゼルが好きな芸術家の彫刻を眺めていると、聞き覚えのある声に呼び止められた。

「こんにちは、また会ったね」

「あ……、あなたはこの間の温室の」

「そう、ジュリオだよ。ジゼルはまたひとりなの？」

少年らしさが残る可愛らしい顔立ちと、少しハスキーな声。中性的な天使と言われたら、やはり信じてしまいそうだ。

「ええ、そうなの。シルヴィオ様がお仕事に呼ばれてしまった間、ここで美術品をゆっくり眺めていようかと思って」

気づいたら消えていたジュリオとふたたび王城で顔を会わせるとは、不思議な偶然だ。

仕立てのいい服を着ている少年は、きっと高位貴族の子息だろう。

――待って、確か第一王子が十三歳だったかしら。シルヴィオ様の甥《おい》の……ジュリアーノ殿下がこの子くらい？

しかし第一王子が護衛もつけずにふらふらと王城を彷徨っているのだろうか。殿下の学友として呼ばれている高位貴族の子息とも考えられるが、それなら余計ひとりで好きに動けるのもおかしい。

――顔立ちは陛下とは似ていないけど、よく見れば王妃様には似ていらっしゃるかも……？

思い切って訊いてみようか。ジュリオの正体が誰なのか確認しようと口を開いたが、一拍早くジュリオが話しかけてきた。

「ここの近くに今密かに話題になっている画家の絵が飾られているって知ってる？」

「え？　……いいえ、知らないわ」

密かに話題という気になる単語に首を傾げた。

公にはできない理由でもあるのだろうか？

「実はその画家の正体を誰も知らないんだ。気づいたときには巷で話題になっていたけど、誰も画家を見た人はいない」

――人見知りな画家なのかしら？

作品に没頭する芸術家は、社交が苦手な者も多い。人と会話をするより、作品作りに専念したい者もいる。彼らの代わりに作品を展示したり、売買の仲介をする職業もあるくらいだ。

だが、誰も知らないとなるとそのような者も雇っていないのだろうか。

「あまり作品数がないのか、手に入れるのが困難だと言われているのに、さすが王家だよね。もう手に入れてしまっているなんて。ここに特別に展示されているならジゼルも気になるでしょ？　今から僕と一緒に見に行こうよ」

「ええ？　今から？」

正体不明の画家で、今話題の作品と言われれば、気にならないはずがない。

好奇心旺盛なジゼルの関心も高まってくる。

「それは……、とても魅力的なお誘いだけど……」

――勝手な行動をとって、シルヴィオ様に迷惑をかけないかしら。

すぐ近くにシルヴィオがいるし、城内はきちんと警備がされているため安心して過ごせるが、この場を許可なく離れることは気が引ける。

「でも特別に展示されている場所なら、許可がないと立ち入ることができないと思うわ」

「問題ないよ、厳重な管理がされている国宝級の美術品ではないからね。一般的に売られている絵画だもの。それこそ露店でポイッと置かれていたものたちだし。大した価値はまだないよ」

そうなのだろうか。露店で売られていたような作品が徐々に有名になることもあるが、王城に運ばれているものは、それだけで特別なのでは……。

密かに運ばれて展示されているはずのものを、何故ジュリオが詳しく知っているのか。

この天使のように愛らしい彼の正体を確認する。

「あなたは、第一王子のジュリア―ノ殿下なの？」

問われたジュリオは、クリッとした目を数回瞬かせた。

「うん、そうだけど僕言ってなかったっけ？　ごめんね、てっきりわかっていると思ってた」

微笑んだ表情は、王妃の面影があった。

ようやく誰なのか納得するが、今までの言動は無礼だったのではないかと思い至り、ジゼルは慌てて佇まいを直した。

「申し訳ありません、ジュリアーノ殿下」

「え？　大丈夫だからそういうのやめて。別に無礼だとか思ってないし、僕はジゼルと仲良くしたいだけだから」

今までのように話してほしいと懇願され、ジゼルは渋々頷いた。

「だから叔父上に怒られたりしないから、大丈夫だよ」

ジュリオは戸惑うジゼルの手を握り、引っ張っていく。

すぐ戻れば大丈夫と再度言われ、ジゼルもようやく頷いた。

――第一王子がこうしてひとりで歩いているなら、城内に危険なことなんてないでしょうし。すぐに戻ってくれば心配させないわよね。

そう納得させると、ジゼルも好奇心が疼いてくる。

話題の絵とはどんなものだろうか。一体誰が描いているのだろう。

慎重なようでいて、ジゼルも欲望に忠実だ。一度探求心がくすぐられると、そう簡単には止められない。そんな厄介な血を引いていた。

ジュリオはシルヴィオのように大きくはないが、成長途中の少年らしい手をしていた。

外見は天使のごとく可愛らしいが、やはり男の子なのだなと思わせてくれる。

そんなことをぼんやり考えていたら、あっという間に目的地へ到着した。

「ここだよ」

ジュリオが扉を開いた。

「鍵は開いてたの？」

「逆に施錠しておく方が危ないよ。ここには秘密のものが入ってますって言っているようなものでしょ」

まだ無名の新人画家の作品が保管されているだけだと、先ほどジュリオも説明していた。それほど価値が高くないのなら、確かに厳重に管理をする方が怪しまれるかもしれない。

その展示室は、ジゼルも何度か足を運んだことがある場所だった。

シルヴィオの部署が管理をしている国宝級の美術品とは別の部屋だが、有名な若手の芸術家たちの作品が集められた部屋だ。

特別な手続きをせずに、ゆっくり美術鑑賞が楽しめる。

「それで、その画家の作品は、ここに最近入って来たの？」

「そう、今朝搬入されたばかりだよ」

「詳しいのね……」

ジュリオが情報通なのか、単なる趣味で知っているのか。第一王子はとても優秀だという話は本当らしい。

真っ白な壁にかけられている作品をいくつも通り過ぎて、ジュリオが一枚の絵画の前で足を止めた。

通常作品名と画家の名前が飾られているが、その絵の下にはなにもない。

「こちらの絵が今話題の画家の作品なの？」

「そう。サンドロ・デミアーニっていう画家の作品。本名かどうかはわからないけどね」

――サンドロ・デミアーニ？　聞き覚えがあるような、ないような……。

どちらも珍しい名前ではない。

一度聞いたものはよほど集中力が欠けていない限り、記憶力のいいジゼルは覚えているのだが。その名前は彼女の記憶に引っかからなかった。

両腕を広げた大きさの絵画が多く飾られている中で、サンドロ・デミアーニの作品は小脇に抱えられる程度の大きさしかない。

描かれていたのは片翼の天使だ。

よく描かれるのは白い衣服を纏った麗しい姿だが、片翼の天使はぼろぼろの衣服を申し訳程度に着ている珍しい絵だった。

まるで神のもとから追放されたのだろうかと思わせるが、彼を狙う者は描かれておらず、天使の表情も悲観にくれていない。

腰をかがめて小さな子供に林檎を渡している。赤くてよく熟した林檎を、子供が受け取ろうとしている。

宗教画のようでいて、舞台はなんの変哲もない街の中だ。

架空の風景が描かれているわけでもなく、捜せばルランターナの国内に同じ場所がありそうな、どこかで見たことがあるような場所である。

——荒さは感じるけれど、技術も感性も優れていて上手だわ。しっかりと勉強すればとてもいい画家になりそう。

物語性を感じる絵の情景に、ジゼルはじっくりと魅入った。夜空の群青《ぐんじょう》から紫色の変化が美しい。が、あれ？　と首を傾げた。

——この紫色……どうやって作ったのかしら？

ここまでの深い紫を見たことがない。国内に出回っている赤と青を足しても、このような深みのある綺麗な紫色は作れないだろう。

今話題の画家というのは、もしかしたらこの色使いのことを指しているのかも……。

「……？」

じっと見つめていると思考がふわふわしてくる。

目の前を見つめているのに、意識は天井付近を彷徨っているかのよう。

不思議な感覚を感じつつもじっくり絵を眺めていると、ジュリオの声がジゼルの思考を遮った。

「なにか気になるところがあった？」

「……っ、え？」

ジゼルはすっかりジュリオと一緒にいることを忘れていた。

「ごめんなさい、魅入ってしまったわ」

「謝らなくていいよ、ジゼルが真剣に絵を見つめている表情が素敵だから」

満面の笑顔で大人顔負けの褒め言葉をさらりと挟んでくる。

シルヴィオといいジュリオといい、王家の血筋はごく自然に女性を褒める。この場合、ジゼルは気恥ずかしさを感じながら礼を言うのが精一杯だ。

「それで、この絵を見ていてなにか感じる？」

「えっと、それはこの絵の物語性について？」

「ううん、そういうことじゃなくて……ジゼルは無名の画家が、どうして密かに人気だと思う？」

「私は色使いが素敵だと思うわ。この神秘的な紫色は、今まで見たことがない」

「そうだね、ジゼルならその色に気づくと思ってた」

ジュリオの嬉しそうに笑う表情がなんとなく引っかかった。自分の予想通りにジゼルが答えを言ったのが嬉しいとでも言いたげだ。

彼は得意げにひとつずつジゼルに教えてくれる。

「ひとつ目はその紫色が美しいという評判。その色を使って肖像画を描いてほしいという貴族の依頼が多いらしいね。でも画家がどこにいるのか不明だから、謎が余計に評判を高めている」

「そうなのね、納得だわ。この色でドレスを描いてもらえたら、とても綺麗だと思うもの」

だが自分のように地味な黒髪では絵全体が暗い印象になるだろうな、と頭の片隅で考える。暗い色を使うときは明るい髪色の方が華やかだろう。

「二つ目は、サンドロ・デミアーニの絵を見ていると、気持ちよくなれるらしい」

「それってどういう意味？」

「そのままの意味だよ。彼の絵を見ていると、みんな気持ちよくなってくる。なにも考えられなくなり、ふわふわとした心地になれるんだって。ジゼルもそういう気分になった？」

耳を疑うような発言だが、ジュリオは嘘をついているようには見えない。

それに先ほどジュリオが声をかけてくれる前、ジゼルは確かにふわふわとした気分を味わっていた。視点は目の前の絵に注がれているのに、意識が宙を浮いているという不思議な錯覚に浸ったのだ。

――まさかあれが気持ちよくなるということ？

自分がサンドロ・デミアーニの絵を魅入っているだけだと思っていたけれど、ジュリオに声をかけられて、確かに意識が戻って来た。思い返すと、お酒を飲んだ後の酩酊感に似ていた気がする。

――それを見た人全員が味わうって？

素晴らしいと思うより、疑問が勝る。

そんな作用がある絵は、一度徹底的に調べないと危険ではないか。

ジゼルが感じている怪しさに気づいているのかいないのか、ジュリオは純真な笑みを浮かべていた。

「そんな副産物のある絵は夢のようだよね」

「……そう、ね」

純粋に感じている少年を否定するのも大人げない気がして、ジゼルはモヤッとした気持ち悪さには口をつぐんだ。

――音楽なら心を揺さぶる演奏で感動させることができても、絵は見る側の気持ち次第だもの。人それぞれ感じ方が違うし、捉え方も変わる。額面通りに絵を解釈したとしても、見た人全員が気持ちいい心地になるなんてありえない。

ここに展示されている絵の中で、この一枚だけが異質に感じた。

ジュリオはまだ価値がそれほどないからここに置かれていると言っていたが、もしかしたら公にはできないものをどこに保管するか決まっておらず、若手芸術家の展示室に並べて隠していたのかもしれない。

厳重に施錠がされる国宝級の展示室に保管される方が怪しまれる。木の葉を隠すなら木の枝にという理論と同じだ。

――あまりここに長居するのはよくないわ。

ジゼルがジュリオに移動を促そうとしたとき、この部屋に近づく足音に気づいた。

「……ッ！　誰か来るわ」

咄嗟にジュリオの手を握り、奥の部屋へ移動する。入り口から見ただけでは死角になる柱の裏に身を潜めた。

しばらくじっとしていると、誰かがこの展示室へ入って来た。足音から二人いるようだ。コツコツと靴音を鳴らしている。やましいことがあってこの部屋に来たのなら、もう少し気配を消すだろう。だからと言って第一王子のジュリオと二人だけで会っているのを見られたら、どんな噂を立てられるか……。

――そうよ、二人だけで密会してたと思われたら！

今さらながらに迂闊《うかつ》な行動だったと反省する。ジュリオに強引に連れ込まれてしまったが、これがもし天使のように可愛い少年ではなく、ジゼルより背も高い屈強な男性だったら。物腰が柔らかくても、油断していたら貞操を奪われていたかもしれないし、シルヴィオに顔向けできなくなっていただろう。

そう考えた瞬間、ジゼルの背筋がヒヤッとした。シルヴィオの傍にいられなくなる可能性に気づくと、床の感触がしなくなる。

――離れるなんて嫌。一緒にいられなくなるなんて、絶対に嫌だわ。

今回はジュリオだったからよかったが、絶対に男性と二人きりなどならないと心に誓っていると、ジゼルの耳に男性の声が聞こえてきた。

「――から削り、顔料を――」

「薬草の可能性も――」

――削る？　珍しい薬草？

ぼそぼそとした声で聴きとりづらい。扉はないが、別室にいるジゼルたちには、男性が低音で話されていると聞きにくい。

しかし耳のいいジゼルは、男たちの会話の全容がわかった。

――絵に使われている顔料を調査するため、絵を傷つけるつもりなんだわ。目的は、あの紫の顔料？

たとえ無名の画家でも、他者が誰かの作品を傷つけるなど、許しがたい行為だ。

ジゼルは咄嗟に止めに入ろうかと腰を上げかけ、ジュリオに腕をパシッと握られた。首を左右に振られ、じっとしているように言われてしまう。

「……っ」

王子様に命じられればジゼルもじっとせざるを得ない。

もどかしい気持ちを抱きながら、男たちが去るのを待つ。

――あの紫色はなにから抽出されているのかわからないからって、こんなこと誰がしているの……。珍しい薬草が顔料になっている可能性もあるとか……。

無言で作業を始めた男たちから、情報を得ることができない。

やがて男たちは二、三言葉を交わし、気配が遠ざかって行った。

完全に靴音が聞こえなくなると、ようやく安堵する。

「行ったようだね」

「ええ、そうね……」

誰だかわからないけれど、昼間に気配を消さずに動いているなら、なにかしらの思惑があって命じられただけだろう。もしかしたらシルヴィオの部下かもしれない。

思案に耽っていると、至近距離からクスクスとした笑い声が鼓膜をくすぐる。

「ところで、いつまで僕を抱きしめてくれるの？　もちろん僕はずっとでもいいけど」

「え？　……きゃあ！　ご、ごめんなさいっ」

先ほどジゼルを制したとき、すでにジュリオを抱きしめていたらしい。隠れたときには無意識にジゼルがジュリオをかばっていた。

第一王子にとんだ無礼な真似をと、ジゼルは慌てて彼を解放して謝罪を述べようとした。

「え？　本気？　女性に抱きしめられて得した気持ちになっていたのに、謝られるなんて。むしろ今度は僕の方からジゼルを抱きしめたいよ」

「いえ、いえいえ間に合ってますので」

「それも癪《しゃく》だね、叔父上が抱きしめてくれるから僕はいらないっていうのも」

――え、ええ～……！

ジゼルは小さくコホンと咳払いをし、先ほどの男たちの話に話題を変えた。

「そんなことよりも、早くここから出ましょう。私はともかく、ジュリアーノ殿下に変な噂が流れたら大変ですもの」

「僕のことなら心配ないけど、そうだね。そろそろ戻ろうか」

ジゼルは先ほどの絵の前で足を止める。夜空の神秘的な色には先ほどの紫色が使用されていた。キャンバスの上部に、ひっかいたような傷がある。僅かだが、絵の具を削られたような跡だ。

目立つわけではないけれど、作者以外の人間がこのような行為をするのは芸術への冒瀆《ぼうとく》に感じられた。職務上仕方ないのかもしれないが、頷きがたい。

「ジゼル、行こう」

ジュリオは気にしたそぶりも見せず、ジゼルをエスコートした。彼だってなにかしら感じることはあるだろうが、表に出さないだけ自分より大人だ。

シルヴィオを待っていた場所へ戻ると、少しほっとする。

ジュリオは気落ちしているジゼルを気遣ったのか、ポケットからなにかを取り出しジゼルに渡した。

「これあげる。僕の我儘《わがまま》に付き合わせてしまったお詫びに」

「え、そんな、お詫びなんて……」

遠慮するジゼルに渡されたのは、小さなガラス瓶だ。中には無色透明の液体が入っている。

女性的な形の瓶には見覚えがあった。

「これは、香水瓶……？　とても綺麗ね」

「うん、心が落ち着くんだ。いい匂いを嗅ぐと、疲れも減るでしょ。緊張感を和らげようと思って」

貸して、と言われてジュリオに数滴、香水をつけられた。耳の裏と手首に数滴擦り込むと、今の季節にぴったりな爽やかさを感じる。

ミントに似た清涼感のある匂いは、すっきりした気持ちになれるものだ。シルヴィオもこの匂いなら、香水が苦手でも受け入れられるかもしれない。

「本当にいただいていいの？」

「もちろん。もし叔父上になにか言われたら僕の名前を出してね。じゃあまたね」

あっという間にジュリオの姿が見えなくなった。第一王子のため忙しいはずだが、恐らく時間を見つけて部屋から抜け出していたのだろう。

間もなくして慌てた様子のシルヴィオが現れた。ジゼルの姿を目にしてホッとしている。

「よかった、すぐに戻って来たんだが、あなたの姿が見えずに捜していた」

「ごめんなさい、ちょっと散歩をしてました」

「散歩を？　ひとりで？」

——どうしよう、ジュリアーノ殿下の名前を言っていいと言われたけれど……先ほどのサンドロ・デミアーニの絵のことは言わない方がいいかしら。

すぐに答えないジゼルに、シルヴィオは眉を寄せた。

彼女に近づいた瞬間、ジゼルから漂う香りが、シルヴィオの眉間の皺を深くした。

「シルヴィオ様？」

「……ジゼル、その臭いはなんだ？　なにをつけている」

「あ、あの実はこれをいただいて……」

やはり隠し事はしない方がいいと判断し、ジゼルはジュリオと一緒にいたことを白状した。香水瓶も隠さずシルヴィオに渡す。

すべて洗いざらい話すと、シルヴィオは大きく息を吐いた。びくっとジゼルの背筋が震える。

「――大丈夫だ、別に怒ってはいない。だが、その香りは二度とつけないでくれ。強烈な臭いだ」

「そうなんですか？　ごめんなさい、爽やかな香りだから受け入れられるかもって思ってしまって……迂闊でしたわ」

「いや、精神を落ち着かせる匂いだと言ったんだろう？　それにあなたにとっては爽やかな香りなら、つけないでくれと頼むのは私の我儘だ」

「そんなことは……」

紳士的な態度を取りつつも、シルヴィオの表情は臭いを我慢している顔だ。表情を取り繕っていてもそのくらいはわかるようになっていた。

そのまま二人は馬車で帰ったが、アザレア城に到着する頃にはシルヴィオはすっかり具合を悪くしていた。

「どうかなさったのですか？」

「少々頭痛がするだけだ、問題ない」

声をかけてきたディーノには頭痛のみを伝えたが、顔色も気分も悪そうである。

ジゼルは念入りに湯浴みをして香水を落とした。サラにも臭いが取れたことを確認してもらったが、シルヴィオは二人の寝室には現れず、ディーノに今夜は別の部屋で就寝するという伝言を受けた。

いつもは二人で使っている寝台が広すぎて、ひどく切ない。

ひとりで眠るのも久々すぎる所為か、己の不甲斐《ふがい》なさに反省した。

「もう香水なんてつけないわ」

なにもつけていない、そのままのジゼルの匂いがとてもいい香りだと褒めてくれていたのに……。余計な香りをつけてしまった所為で、具合を悪くさせて距離を置かれるなら、今後香水に手を出したりなんかしない。

彼は香水だけではなく、体臭にすら敏感なのだ。苦手な香りを漂わせる人には吐き気を催すほどに。

自分の香りを気に入ってもらえていただけに、シルヴィオの拒絶は堪えた。もう近寄りたくないと思われていたらと考えると、目頭がじんわり熱くなる。

「……シルヴィオ様に謝らないと」

隙あれば抱きしめられるし、「いい匂いだ」という褒め言葉をどう受け止めるべきか困惑していたが、次第にそう言われることも嬉しく感じていたのに。もう嫌われてしまっただろうか。

自分で自覚していた以上に、ジゼルはいつの間にかシルヴィオを好きになっていた。彼の行動が愛情表現なんだと理解していたし、温もりに安らぎを感じていた。

——もう私の匂いにも興味がないって言われたらどうしよう……。

一度考え始めると、思考が悪い方へと向かっていく。

あの腕に抱きしめられて眠ることができないのが、こんなにも寂しく感じるなんて……。

一緒に眠れない寂しさに、ジゼルはシルヴィオの枕をギュッと抱きしめたのだった。

第六章

——最悪な寝覚めだ。

シルヴィオは客室で一夜を明かし、深々と溜息を吐いた。

いつでも客人を招けるように整えられている部屋に不満はない。主人の急な我儘にも対応してくれる使用人たちには感謝をしている。

彼が溜息を吐いた原因は、己の不甲斐なさだ。

ジゼルから漂っていた香りは、普通の人間には爽やかなハーブの匂いにしか感じないだろう。だがシルヴィオのように嗅覚が優れている人間には、頭痛と吐き気を催す刺激臭が僅かに混ざっているのを感じ取れる。常人なら不快感も抱かないほど微量だ。

昔からシルヴィオは、ハーブと相性のいい不快成分が苦手だ。苦手な香りがあるなど、家族や限られた使用人しか教えていない。自分の弱みを他者に知られれば危険が増す。

だが今回ジゼルに香水瓶を渡したのは、ジュリオだ。ジゼルは彼を天使のようだと褒めていたが、シルヴィオは外見を利用した小悪魔だと思っている。

豪快であまり細かいことを気にしないフェルディナンドと違い、悪知恵が利き腹黒い一面があるのもお見通しだ。

最近ジゼルと交流があるのは知っていた。まさかジゼルがジュリオを第一王子だと知らなかったとは思わなかったが、彼はシルヴィオが登城し、ジゼルがひとりになるときを狙って会いに来ている。しかも家族にしか呼ばせていない愛称を初対面のジゼルに名乗るとは、なにか彼女に特別な気持ちがあるようではないか。

「香水が悪戯ではなく私に対する嫌がらせか、それとも……」

可愛がっていた甥の反抗期ではないだろう。もしジゼルが気に入ったと言われても彼女を渡すつもりはないが、考えるだけで溜息が出てしまう。

――睡眠不足で頭も回らない……。

一晩経ったら頭痛や吐き気は治まったが、熟睡はできなかった。いつも隣にいるジゼルの温もりが感じられないだけで、睡眠障害に陥ったかのようだ。

ジゼルの体温も寝息も香りも、時折漏れる可愛らしい寝言も。すべてが愛おしくて心地のいい眠りへ誘ってくれていたのに、それが感じられないだけで満足に眠ることもできないとは。情けなさに知らず溜息を落とす。

「ジゼル……」

少し離れただけでジゼルが恋しくてたまらない。

今まで味わったことのない感情に戸惑う気持ちと、胸の中がほわりと暖かくなる充足感がシルヴィオを満たしていた。

「ジュリオには困ったものだ……だが、そろそろきちんと終わらせなければいけない」

ここしばらく、ジュリオはシルヴィオの前に姿を現さない。自分の前に出られない理由があるのか、はたまた偶然か。

疑惑が確証に変わるか、勘違いで済むかは本人に尋ねるしかあるまい。

◆◇◆

ジゼルとシルヴィオが婚約式を挙げてから、五ヶ月が経過した。

春だった季節も初冬に入り、寒さを感じる日が増えている。ルランターナの冬は暖冬で過ごしやすく、滅多に雪がちらつかない。

この国は周辺国に比べて社交シーズンが長い。そのため初冬でも、夜会に招かれることも珍しくない。

レオンカヴァルロ公爵領のアザレア城も、この日ジゼルが住み始めてからはじめて夜会を開いた。


「……シルヴィオ様、何故わざわざ仮面舞踏会なんですか」

「その方が解放的な気分になれるだろう?」

「なるほど、そういうものでしょうか」

──王城で招かれた仮面舞踏会もそのような意図だったのかしら？

そうぼんやり考えながら、ジゼルはサラが綺麗に結ってくれた髪に触れた。

複雑に編みこまれた髪には、シルヴィオが贈った髪飾りがつけられていた。ジゼルの目の色と同じエメラルドと、細かなダイヤモンドがあしらわれた豪華な髪飾りだ。繊細な造りが可憐な印象を与える。

普段は薄化粧しかしないが、せっかくの夜会だからとサラを含めた使用人に気合のこもった化粧を施された。

日焼け知らずな肌には白粉《おしろい》をはたかれ、頬は血色がいいように薄紅色に。キリッとした印象に見えるよう、目元を強調された。唇に色味の濃い紅を塗られれば、普段の平凡な印象とはまるで違う、艶やかな淑女に変身した。

「人気の仕立て屋で作ったドレスなだけあるな。ジゼルの魅力がよく引き出されていて見惚れてしまう。仮面着用を義務づかせてよかった。うっかり私の婚約者に懸想《けそう》する不埒な輩が現れてしまったら困る」

「……っ、そ、そうでしょうか……ありがとうございます」

シルヴィオにじっくりねっとり見つめられながら真顔で褒められると、たじろいでしまう。どう返答するのが正解なのかわからず、ジゼルは無難に礼を告げた。

──シルヴィオ様の方がよっぽど素敵だわ。

家令のディーノと話しだしたシルヴィオをちらりと見つめる。今日の彼は全身を黒に染めている。主催者なので正体を隠す必要はないが、目元を隠す仮面も黒と金色の豪華なものだ。

金色の髪は整髪料で綺麗に整えられており、普段と違う髪型を見るだけでジゼルの胸がドキドキと高鳴ってしまう。

――かっこいい……って口に出して言ったら喜んでくれるかしら。シルヴィオ様は褒めてくださったのに、私だけ口に出さないのは失礼よね。

しかし人前で言うのは勇気がいる。忙しい彼の周りには常に誰かしらが確認事項の連絡をしに来るのだ。

会話が途切れ、彼と視線が合ったときにしか、ジゼルが話しかける隙間はない。

ふいにシルヴィオがジゼルを見つめた。「喉は乾いていない？」と気を遣ってくれるだけで、むず痒いようなくすぐったい気持ちにさせられる。

もっとすごいことをたくさんしているのに、何気ない会話や気遣いが嬉しいと感じてしまうのだ。ジゼルは頷きながら、「大丈夫です」と返事をした。

「あの、シルヴィオ様もその衣装とてもよくお似合いです。いつも素敵ですが、いつも以上に素敵です……！」

最後の方は妙な気合が入ってしまった。人を褒め慣れていないのだと、改めて自分の未熟さに気づいてしまう。語彙《ごい》力の少なさも嘆きたい。

この国の男性は息をするように女性を褒める。少しは見習うべきかもしれない。

シルヴィオは僅かに目を瞠った。すぐに蕩けるような甘い微笑をジゼルに向ける。

「聞いたか、ディーノ。私のジゼルが可愛すぎて、今夜はこのまま部屋に閉じ込めておきたい」

「おやめください、旦那様。閉じ込めてなにをするつもりですか」

「それはもちろん、お前が想像する通りのことだ」

胡乱《うろん》な目つきになるディーノを置いて、シルヴィオはジゼルとの距離を詰めた。

「ジゼルに褒めてもらえるなら、毎日でもこの恰好をしていようか」

「え、いえ、それは私の心臓が休まらないので、たまにでいいです」

好みの恰好をしている姿はご褒美だが、まともにシルヴィオを見つめられなくなってしまう。少し雰囲気が変わるだけで、落ち着かない気分にさせられるのをはじめて知った。

シルヴィオはクスクス笑い、ジゼルを抱きしめようとする。が、その手をぴたりと止めた。

「美しいジゼルを見るのはとても楽しいけれど、髪型が崩れないか、ドレスに皺がつかないかを考えないといけないから、迂闊に抱きしめることもままならないな」

「思案顔で言うことがそれですか」

ディーノが真顔で口を挟むが、シルヴィオはどこ吹く風だ。

着飾った女性に触れるのは気をつけなければいけないと言われ、ジゼルも内心頷いた。

「私の婚約者としてお披露目をする目的もあるのに、当の本人が出席できないとなると余計な憶測を呼ぶか。仕方がない、今は抱きしめるのを我慢しよう」

ここで、残念だと一言でも言えたら可愛気があるのだろうが、そこまで素直に口に出すことができない。

しゅん、と黙ってしまった彼女の心情が、他の人間に駄々洩れなのをジゼルは知らない。そんな彼女に劣情を抱く男の切実な事情も。

熱っぽい息を吐き出し、シルヴィオは数歩ジゼルから離れた。

「……さて、今夜は表向きは私の婚約者のお披露目を兼ねた夜会だが、ここに招いた客人の中にサンドロ・デミアーニに繋がる人物がいる。荒事にはならないと信じているが、厳重な警備を怠らないようにお願いしたい」

騎士団から数名派遣し、秘密裏に調査を続けてきたサンドロ・デミアーニに繋がる人物を見つける。詳しい話を訊くのが主な目的だ。法を犯したわけではないが、今後大きな事件に繋がる可能性がないとも言えない。

調査の結果、何事もなければいい。しかし危険だと判断したときは、また相応の対処を考える必要がある。

あの日シルヴィオの体調が戻ってから、ジゼルはジュリオと見聞きしたことを彼に伝えた。無名の画家の作品が、シルヴィオたちによって王城に集められていた。その原因はやはりジゼルも危惧した通り、ジュリオが話してくれた絵の効能だ。

毒性があるかも含め、乾いた絵の具をアカデミーの研究所に依頼しているのだとか。ジゼルとジュリオが見かけた二人組は、その研究所に属する人間だった。

新しい毒を調べるには時間がかかる。それなら作った張本人に事情を聞きだすのが手っ取り早い。

——本当にサンドロ・デミアーニに繋がる人物が現れればいいけれど。

しかし思い出しても、あの紫色は美しかった。新しい色なら素晴らしい発見だ。そこに人体への影響がなければ喜ばしいが、毒性が証明されれば今後きちんと規制すればいい。

ドキドキとした気持ちが湧き上がる。

好奇心と緊張感に包まれたまま、仮面舞踏会が始まった。


色とりどりのドレスに身を包んだご婦人方に微笑みながら、ジゼルはシルヴィオの腕に手を添える。

主催者二人は、黒を基調とした衣装を身に着けていた。黒は鮮やかな色が溢れかえる舞踏会で、特に映える色だ。

胸元の見事な金糸の刺繍と、裾にあしらわれたレースの飾りが、ジゼルの大人びたドレスを可憐に仕上げていた。

「今夜のあなたは、まるで黒蝶《こくちょう》のように可憐で妖艶だ」

軽やかな生地で作られたドレスの裾や袖が、歩くたびにひらひらと舞う蝶を彷彿とさせるらしい。そんな風に褒められると少し気恥ずかしい。

ジゼルの仮面はシルヴィオと同じものを用意した。

王城での仮面舞踏会では顔全体を隠すものをしていたが、今宵は目元のみ。唇は色味の濃い赤を使い、普段のジゼルとはがらりと雰囲気を変えている。

シルヴィオによって、つつがなく婚約者のジゼルが紹介された。目元の仮面は着用したままだったが、次はレオンカヴァルロ公爵夫人として紹介するとシルヴィオが締めくくったことで、不満を唱える者はいなかった。

ジゼルがこうして大勢の注目を浴びることははじめてだった。彼女の緊張感をほぐすためにも、仮面をつけたままでいいとしたのだろう。そう思うとシルヴィオの気遣いには感謝が溢れる。

「では、そろそろ僕の出番かな」

「ありがとう、お兄様。久しぶりに演奏が聴けるなんて、楽しみだわ」

招待客のひとりであるジゼルの兄マルクスが、ヴァイオリンを演奏する。

飄々としているようで気難しいのが、ベルモンド家の特徴だ。マルクスは気に入った人の依頼しか受けないことで有名だが、妹の頼みなら音楽の才能をここぞとばかりに発揮し、その音色で観客を酔わせてくれるだろう。

彼の演奏に注目させ、気を緩めるのが目的だ。誰もが認める音色を聴けば、人の意識に隙が生まれる。

歓談は控え、マルクスの演奏に耳を傾ける人々を見回しながら、ジゼルはこっそりとシルヴィオに尋ねた。

「……シルヴィオ様、どなたか気になる方は見つけました?」

視線はまっすぐマルクスに向けている。周囲の視線を集めないように平然を装いつつ、本題に切り込んだ。

「香水の香りに邪魔をされたが、一応確信が持てた。やはり予想通りだったな」

「そうですか、今はどちらにいらっしゃるのでしょうか」

「ちょうどジゼルの御父上と歓談中のようだ。実に都合がいい」

シルヴィオが視線を投げた方向へ、ジゼルも顔を向けた。

ジゼルと同じ黒髪のベルモンド伯、テオバルトだ。黒髪の男性はあまりいないので、仮面をつけていてもすぐに誰だかわかる。

かつてテオバルトは天才画家と呼ばれていたが、ジゼルの幼少期に妻を病で亡くしてから、一度も筆をとっていない。のんびりとした性格だが、どこの派閥にも入ろうとせず、飄々と貴族社会を泳いでいる。

そんな父が話しているのが、栗《くり》色のくりくりとした髪に、全身を青色で包んだ青年だ。まだ成長途中の背丈は、ジゼルとあまり変わらない。踵《かかと》の高い靴を履いていると、外見年齢は十四、五歳頃に見えるだろう。

目元を隠し、髪色も違うが、二人には誰だかすぐにわかった。第一王子のジュリアーノ殿下、ジュリオだ。

「髪で変装という知恵を授けたのは、シルヴィオ様ですの？」

「いいや、きっと陛下から聞いたのだろう。私が以前髪色を隠して仮面舞踏会に参加したと」

王城の広間で開催された仮面舞踏会。そこがジゼルとシルヴィオの出会いだった。

あれからまだ半年ほどしか経っていないのに、随分と前のように思える。

この場にいる人間は、マルクスの演奏に意識を向けている。その隙に二人は、怪しまれないようにゆっくりと距離を縮め、シルヴィオが目的の人物の肩にポンッ、と手を置いた。

◆◇◆

「――きちんとすべて説明してもらいましょうか、ジュリア――ノ殿下」

椅子に深く腰かけたジュリオの前で腕を組み、シルヴィオは威圧的に彼を見下ろす。彼はジュリオを殿下と敬いながらも、叔父の顔をしていた。

シルヴィオとジゼルは、テオバルトと歓談中のジュリオを速やかに別室へ連行し、そのまま尋問を始めた。

主催者が長く広間を不在にはできないが、頭の回転が速く悪知恵が利くジュリオを長時間ひとりにしていたら、本音を隠して言い訳を考えてしまう可能性が高い。

考える余裕を与えず、早急に尋問に入るべきだと言い出したときは、ジゼルもなるほどと感心した。

間もなくフェルディナンドも到着する。国王が夜会に参加することは珍しいが、主催者が実弟なら不自然ではない。

シルヴィオはフェルディナンドが来る前に、ある程度の情報を把握しておきたい。また父親に言い辛いことも叔父には言うかもしれないという思惑もあった。

「一体突然どうしたの、叔父上？」

栗色の鬘を外し、金色の地毛がくるんくるんしている姿は、絵画の中の天使に似ている。だが不機嫌そうな表情が、天使ではなくやっぱり人間なのだとジゼルに思わせた。

「サンドロ・デミアーニという画家はお前だな、ジュリオ」

シルヴィオは敬称をつけずに愛称で呼んだ。身内として話を進めるらしい。

幼さが残るジュリオの顔は一瞬不貞腐《ふてくさ》れたように見えたが、やれやれと軽く首をすくめた。賢い彼のことだ、ここでしらを切りとおすのは得策ではないと考えたのだろう。

「そうだよ。どうやって気づいたの？」

「絵の具の臭いだ。サンドロ・デミアーニの絵から漂う香りと、お前から微かに漂っている香りが限りなく近い」

「へぇ……本当、叔父上のその嗅覚は犬以上に厄介だよね……どういう鼻をしているのやら」

――私に見せる天使のような純粋さはどこに行ったのやら……。

見た目通りの少年ではなく、シルヴィオが言っていた通り彼は小悪魔らしい。いや、悪戯好きなピクシーかもしれない。

「別にここまで大ごとになるとは、さすがに想像してなかったんだけどね」

観念したジュリオは今までの経緯を話し始めた。

「元々僕も一般教養の一環として絵を習っただけだった。叔父上も覚えているでしょう？王族も一通り芸術の真似事は習わされるって」

「ああ、そうだな」

シルヴィオは肯定し、ジュリオに続きを促す。

「今までは趣味程度に、空いた時間でなにか描こうかなと思うくらいだった。でもある日、城の敷地内で修繕中の建物の前を通ったら、近くで焚火《たきび》を見かけたんだ。なんとなくその火を見つめていたんだけど、修繕に使われていた石の破片が落ちて来て、火の中に入った。そしたら不思議なことに、火の色が一瞬変わったのに気づいた」

城の敷地内に、一年以上修繕中の礼拝堂がある。

通常そのような場所に王子がふらふらと足を踏み入れるのは危険だが、好奇心旺盛なジュリオは護衛の目を盗んで、ひとりで散歩をしていたらしい。いくら城内とはいえ、王子がひとりで出歩くのは褒められた行為ではなかった。ジゼルは内心、やっぱりと思った。

護衛をまいた点に目を瞑り、シルヴィオは根気強く黙って続きを促した。

「修繕に使われている石は隣国から大量に輸入されているものだった。たくさん落ちていた石の屑《くず》を拾い集めて、試しに火で焼いてみたら、不思議と白かった石が青く変色した。そこで閃《ひらめ》いたんだ。もしかしたらこれは、新しい絵の具の顔料になるかもしれないって」

「待て、そこでその発想になるとは思えない。色が変色した程度で顔料を作ろうと思うか？」

「空いた時間で絵を描いてたし、それに草木以外の石からも顔料が作れることを知ってたから」

けろりと言っているが、その発想は十代前半の少年のものとは思えない。

――長い時間をかけて、ようやく安定した色が抽出できるかどうかがほとんどなのに、そんな暇つぶしのように新しい色を作り出すなんて……。

利発な少年が末恐ろしい。ベルモンドの祖先たちも、既存の顔料がなければ作ればいいという発想にまで至らなかった。

眉間に皺をくっきりと刻みながら、シルヴィオが聞きだしたことを確認した。

「それで、焼いた石から新たな絵の具の顔料を作ることに成功し、今までなかった紫色を作り出したのか」

「そう、青色だけだと色の発色にムラが出てあまり美しくなかったから、赤を混ぜてみたんだ。そうしたら均一で綺麗な濃い紫色が生み出せた。僕は思ったよ、この色は売れるってね」

「王子のくせに商魂《しょうこん》逞しい発言はやめなさい」

シルヴィオはこめかみあたりをぐりぐりと押さえ始めた。頭痛がするのかもしれない。

——あ、理解したわ。ジュリオは商人の気質が強いのね。

ジゼルもその場で黙って聞いていたが、思わず感心してしまった。

しかし改めて思う。この話がすべて本当なら、すごい発見だ。偶然とはいえ新たな顔料を作り出すなんて、到底考えられない。

——均一な紫色の調合方法も、実際に顔料を作り出した方法も気になるけれど、まだ本題は終わってないわ。

シルヴィオは追求を続ける。

「その色を使って絵を描き始めたのはわかった。だがサンドロ・デミアーニというのは誰なんだ」

「叔父上が誕生日にくれた小説の主人公と、少し前に流行った歌劇の登場人物の名前を組み合わせた、僕の偽名だよ。さすがに王子の名前だと面倒だなと思って、どこにでもいる名前を使ってみたんだけど」

城に出入りする画家に自分の作品を持って行ってもらい、ついでに市場で売ってもらえないかと依頼したらしい。売れたお金の半分は、その画家に手数料だと言って受け取らせた。

画家もこの国の将来を背負う王子の命令には背けない。ジュリオも口の堅い者を選んだそうだ。シルヴィオたちがいくら調査してもなかなかその画家に辿り着けなかったくらいだ。ジュリオの人を見る目があったのだろう。

「……では次に、サンドロ・デミアーニの絵を見ていると気持ちよくなれる、という現象についてだ。これはなにをしたんだ」

一番聞きだしたいのがそこだ。

毒性の可能性があるならば、今後は一切使用を禁止せざるを得ない。

「それは正直、僕にもわからない。偶然の副産物としか言えない。考えられるのは、僕が作り出した絵の具の効能だと思う。でも、体調に異変が出ているわけでもないし、具合が悪くなった人はいないんでしょ？　それなら、見ている人を気持ちよくさせられるなんて、素晴らしい発見だと思うけど――」

「それは違うわ！」

黙って聞いていたジゼルが、はじめて発言した。

「ジゼル？」

室内にいる人間の視線がジゼルに集まる。

「あ……ごめんなさい、急に大きな声を出して」

「いや、構わない。言いたいことがあるなら遠慮なく続けてほしい」

シルヴィオの許可を得て、ジゼルは頷いた。

――先日ジュリオに会ったときにはっきり言うべきだったわ。あなたの考えは間違っているって。

静かに息を吸い込み、ジュリオの目を見つめる。

「……人の心はその人自身のものよ。作品を見て、人それぞれ受け方も感じ方も違う。それは創作者が管理できることではないし、誰かの心を意図的に操ってもいけない。見ている人が全員気持ちよく感じるのがいいことだなんて決してないわ。だってそれは、その人たちの本心ではないもの」

芸術家は、人を感動させるためになにかを作る人もいれば、自分が純粋に作りたいものを作る人もいる。

目的がそれぞれ違うなら、感じ方にも同じことが言える。十人いればそれぞれ違う見方ができる。

芸術家が正しく作品内に込めたものを伝えたいこともあるだろう。だが受け取る側は違う見方をしたっていいのだ。

ジュリオの考え方はとても危うい。そんなことを考えていては、彼の周囲には異を唱える者がいなくなってしまいそうだ。

間違いは間違いだと正さなければ、彼の治世に翳《かげ》りが生まれてしまう。

今ならまだ自分の言葉は彼に届くはずだ。

「ジュリアーノ殿下が新しい顔料を発見して、新色を作られたことは素晴らしいことだと思います。でも、その顔料がもたらす効能が安全だと確認できるまでは、使用を禁止するべきですわ」

ジゼルはシルヴィオを仰いだ。視線が交わり、彼が頷いたのを確認する。

バツが悪そうに黙り込んだジュリオに、シルヴィオが語りかけようとしたとき。背後から別の人物が口を挟んだ。

「そうだな、ジゼル嬢の言う通りだ。この顔料は後で改めて詳しい作り方を訊いてから、正式に問題ないと判断されるまで、国が管理する」

「……父上っ」

――え！

慌てて振り返ると、いつの間に室内に入ったのだろうか。長身で大柄な体躯の男が、扉付近の壁に背を預けて、こちらをじっと見つめていた。

慌ててジゼルは淑女の礼をする。

国王フェルディナンドはサッと手を上げ、「楽にしていい」と告げた。

精悍で無骨な外見は、シルヴィオとはまるで似ていない。だが滲み出る貫禄《かんろく》は、自然と頭《こうべ》を垂れたくなる。

手には猛禽《もうきん》類を模写した仮面を持ったまま、フェルディナンドはシルヴィオの肩に手を置き、「迷惑をかけたな」と声をかけた。そのまま息子と対面する。

「お前が時折絵を描くことは知っていたが、遊びにしてはことを大きくしすぎたな。どう落とし前をつけるつもりだ？」

「……っ」

声を荒げているわけでも、威圧的な話し方をしているわけでもないのに、近くで聞いていたジゼルの背筋がピンと伸びるほどの緊張感だ。静かに問いかけた声は低く、まっすぐ見つめられたら心の奥まで見透かされそうで、とても怖い。

ジュリオはフェルディナンドの眼差しを逸らさなかったが、彼の問いには答えられないようだ。唇をギュッと引き結んでいる。

見つめ合うこと数秒、フェルディナンドは混乱を招いた息子を容赦なく罰する。

「子供の好奇心故の過ちとして処理するには、人を巻き込みすぎた。人心を乱す行為は罰せられねばならぬ。王位継承権を繰り下げ、半年間筆を没収する。筆の代わりに剣を振り、己自身を鍛えよ。これから騎士団に入り、見習いとして鍛錬するように」

「そんな……！」

咄嗟にジュリオが悲痛な声を上げたが、すぐに口をつぐんだ。彼がどの罰に反応したのかはわからないが、王位継承権を繰り下げるというのは剝奪《はくだつ》よりマシであろう。

――第二王子が王太子になる可能性が出てきたってことね……。

順位が戻るかどうかは、今後の彼の働き次第だ。しかしジゼルには、ジュリオから筆を奪うことの方が一番堪えるように感じる。

芸術が好きな人間が作品を作れなくなるのは、とても酷だ。今までが少々自由すぎだった気もするが、今後のジュリオの時間は徹底的に管理される。

王族が騎士団に入ることはフェルディナンドという前例がいるため珍しいことでもない

が、見習いは過酷だ。王子から一転、騎士団では従者扱いになるのだから、面倒をみる側もしばらく気を遣うだろう。

芸術家肌の彼にどこまで耐えられるか……。ジゼルはほんの少し同情した。

——でも、きっとこうして人は成長するのよね。

フェルディナンドは、騎士団に属する期間を半年と設けている。そこが彼なりの親としての甘さかもしれない。ただし本当に半年で解放されるかどうかは、やはりジュリオ次第だろう。

「……ときに厄介だが、その探求心はお前の長所でもある。新しいものを発見し、作り出そうとする気概は大事だ。国の発展に大いに役立つだろう。好きなものを取り上げられた期間に己の在り方を考え、しっかり精進せよ」

「……はい」

厳しいながらも親としての愛情も感じられ、ジゼルはほっと小さく息を吐いた。

ジュリオの中で消化ができないものは残っているかもしれない。でも時間をかけてそれもわかるようになる。

シルヴィオがそっとジゼルの肩を抱いた。

隣を見上げると、優しく微笑み返してくれる。じわりと広がる温かな気持ちを感じながら、項垂《うなだ》れているジュリオに声をかけたくなった。

「……ジュリアーノ殿下」

ジュリオが顔を上げた。まっすぐジゼルを見つめてくる目は濁《にご》りもなく、透き通ったガラス玉のように綺麗だった。これなら他者の声も心に届くと思わせてくれるほどに。

「私は純粋に、サンドロ・デミアーニの絵は素敵だと思ったわ。彼の作品をもっと見てみたいとも。だからこそ、彼の絵が正しく評価されないのはもったいない。だってせっかく頑張って描いたのに、殿下だってそんなのは悔しいでしょう？」

ジュリオはくしゃりと顔を歪め、小さく「悔しい……」と呟いた。

ジゼルはやはり彼の心根は純真なのだと安堵する。言葉が通じるのが嬉しい。

目の前の王子ではない、年相応の少年にジゼルも微笑んだ。そしてシルヴィオにも伝えていないことを種明かしする。

「実は私、サンドロ・デミアーニが殿下だということに、とっくに気づいていたんです」

「え？」

その場にいた全員が、同時にジゼルに視線を投げた。

注目を浴びるのは少々気恥ずかしいが、ジゼルは先日ジュリオと話していたときの記憶を呼び起こした。

「王城でジュリアーノ殿下が、片翼の天使の絵を説明してくれたとき。サンドロ・デミアーニのことをこう言ったの。『本名かどうかはわからないけどね』って。それなのに、『彼の絵を見ていると、みんな気持ちよくなってくる。なにも考えられなくなり、ふわふわとした心地になれるんだって。ジゼルもそういう気分になった？』って言ったわ。だから私はこう思ったの。どうして本名かどうかわからない相手の性別が、男性だとわかったのかしら？　って」

ジュリオも思い出したようだ。しかしすぐに眉をひそめる。

「そんなの言葉の綾《あや》じゃないか。男性名を名乗っていたら、一般的には男性だと思うよ」

「あら、正体を本当に隠したいなら、逆に女性の可能性が高いんじゃないかしら。実際、私のお父様は若かりし頃、女性名で絵を数点発表したことがあったわ」

「ベルモンド伯が？　本当なのか」

シルヴィオの驚いた様子に、ジゼルはクスリと笑う。

これはテオバルトの秘密でもあるが、まあ本人はずっと言わないだろうし、二十年も前の話なので時効だろう。口止めをしておけばいい話だ。ジゼルはあっさり父親の秘密をばらす。

「ええ、我が家の秘密ですので、ここだけの話ですが。同じ画家が描いた作品でも、男女の違いでどこまで評価が変わるのかと、試してみたくなったことがあったそうです。結果、女性名で発表した作品は見向きもされませんでした。そのことに父は、芸術に性別は関係ないと深い憤《いきどお》りを感じたそうですわ」

性別の垣根《かきね》はあるが、人々はベルモンドという名前に注目もしていたのだろう。名前の影響力がどこまであり、正しく作品が評価されるか。

先入観を省いて絵画を評価するのは、なかなか難しい。

天才画家と呼ばれてもてはやされたテオバルトだったが、次第に筆を持たなくなったのはそういう経緯もあったからだろう。最終的にはジゼルの母が亡くなったことで、創作意欲が消えてしまったと聞いている。今も同じかはわからないが、これぱかりは周囲が懇願してどうにかなるものではない。

「でも、男性名なら男だと思うのは当然じゃない。それだけでその画家が僕だと断定できるはずがないよ。それにジゼルの記憶違いだっていう可能性もある」

「私の記憶力は優れているので、間違いはありえません」

「は？」

啞然としたジュリオを見つつ、ジゼルは肩を抱くシルヴィオを見上げた。

「私、広間に入ってから、シルヴィオ様とご挨拶をされた方々の名前を順番に言うことも、誰がどんな衣装を着ているかの詳細も、兄の演奏に夢中になっていたご婦人と周辺で歓談していた方たちの立ち位置とグラスの飲み物も、すべて記憶しております」

「……待て。それはすごい特技だが、私は一度もあなたにそんな特技があるなんて聞いたことがない」

「それは我が家の家訓です。持ち札は無闇に晒すな、と。特技が二つあればひとつだけを見せて、もうひとつは伏せておくようにと言われております。あとあまり有能ではないと思われていた方が、いざというとき役立つので」

「ならばベルモンド伯もマルクス殿も、絵と音楽以外にも優れた特技が……、いや、これ以上はやめよう」

ジゼルも笑顔で肯定も否定もせずに受け流した。世の中知らない方が精神的な平穏を保てることもある。

「これは頼もしい女性を見つけたな、シルヴィオ」とフェルディナンドが面白そうに笑いながら、ジゼルを見つめてきた。

フェルディナンドのことはシルヴィオに任せ、ジゼルはふたたびジュリオに向き合った。

「あとは女の勘ですね」と締めくくる。

何故ならジュリオが口では言わずとも、絵の評価が欲しいという期待がひしひしと伝わって来たのだ。目は口以上に雄弁である。

だからあの場から去るとき、自然とサンドロ・デミアーニはジュリオなのだと納得したのだ。

「僕、そんなにわかりやすかった？」

「そうですね、微笑ましいとは思うくらいには」

ジュリオの耳がほんのり赤い。悔しいのか照れているのかわからない顔も可愛らしい。

「さて、私はそろそろ舞踏会に戻らねば」

広間を離れてから思った以上の時間が経っていた。

同席していたディーノの指示に従い、シルヴィオが広間に戻ると告げた直後。目の前にやって来たジュリオがジゼルの手をギュッと握った。

「え？」

「ジゼル、僕はこれから騎士団に入ってきちんと鍛錬して、必ずいい男になってみせるよ。だから叔父上との婚約を解消して、僕と結婚して！」

「ええ!?」

「……ほう、いい度胸だな」

予想外の求婚にジゼルは目を丸くし、シルヴィオの笑みが一瞬で冷ややかなものになった。やんちゃな甥として見ていた眼差しに、敵対心が生まれる。

シルヴィオはジュリオの手からジゼルを引きはがし、彼女をギュッと己の胸に閉じ込めた。

全身でシルヴィオの力強さや熱を感じ、ジゼルの顔が耳まで赤くなる。

「ジゼルは私の婚約者だ。私から奪うつもりか、マセガキ」

「僕とジゼルの年の差はたったの五歳だし、こんなおじさんより僕の方が将来性もあってジゼルを幸せにできるよ！」

先ほどまでの殊勝な態度はどこへやら。

今では強気に己の魅力を語っている。変わり身の早さがすごい。

——一体なにごと……！

いきなりどうしてこうなった。

扉付近に佇むディーノがシルヴィオに戻るようにと目で訴えてくるが、シルヴィオはディーノの訴えを無視している。

ギュッと逞しい腕に抱きしめられたまま、ジゼルは身動きができずに硬直していた。

シルヴィオが見せた嫉妬心が、胸の奥をくすぐってくる。衝動的に彼を抱きしめ返したいが、化粧が彼の正装に付着するのは避けたい。

「余裕のないおじさんなんて見苦しいよ。ねえジゼル、今はまだ子供でも、あと三年もしたらすぐにジゼルに釣り合う美青年に成長すると思うんだ」

前半はシルヴィオに、後半はジゼルに向けられた。

冗談だとは思えない真摯な声に、ジゼルは息を呑んだ。とんでもないことを言われ、なんて答えたらいいのかわからない。

混乱するジゼルの頭上から、優しい声が落ちてきた。

「ジゼル」

名を呼ばれ、顔を上げた瞬間。視界が陰り、唇は柔らかななにかで塞がれる。

「――ンッ！」

突然与えられた口づけに、ジゼルは目を閉じることも忘れて、シルヴィオの美しい顔を至近距離で見つめた。

まつ毛も金色で長いと思った瞬間、口の中に肉厚な舌がねじ込まれる。

――ま、まってー！

甥の前で、いくらなんでもこんな深い口づけはダメだ。教育上よろしくない。それに腰が砕けそうになってしまう。

びっくりして咄嗟に目を瞑り、腕を突っぱねようとするがびくともしない。

わざとらしく唾液音を立てられ、口腔《こうこう》内を攻められる。ジゼルは逃げることしかできないが、そんな姿勢が余計にシルヴィオを煽《あお》ってしまったらしい。腰に添えられた手がスッと動き、ジゼルの快感を昂らせる。

「ぁ……ん……っ」

ようやくシルヴィオが満足したとき、ジゼルの呼吸は上がっていた。目は潤み、頬も紅潮している。ひとりで立つこともままならず、シルヴィオの胸に縋っていた。

銀糸の唾液がぷつりと途切れた。シルヴィオを見上げれば、ジゼルの紅が彼の唇にしっかり移っていた。

――あああ……！

無性に恥ずかしい。自分の唇の紅も乱れたことだろう。誰が見ても口づけをされた後だとわかってしまうのは避けたい。

緩く抱きしめられたままジゼルが顔を両手で覆っていると、頭上からシルヴィオの大人げない発言が降ってきた。

「見ての通り、ジゼルはもう私のものだ。お前が入り込む隙はない」

「……っ！」

ジュリオの存在を忘れていた。

多感な年頃の少年が、男女の濃厚なキスを見せつけられて、どう思ったのか……。考えるのが少し怖い。

恐る恐る振り返ろうとするのを、シルヴィオが止めた。抱きしめる手に力が込められ、背後を振り返るのも許さないという彼の無言の圧力を感じる。

「……信じられない、この場でキスを見せつけるってどういう神経？　大人げないよ、叔父上」

呆《あき》れに似た声に、ジゼルは深く頷いた。いたたまれない気持ちになる。

そんな彼を諫めたのも、父親のフェルディナンドだ。

溜息混じりに息子に告げる。

「諦めろ、ジュリオ。年上の綺麗な令嬢に憧れる気持ちはわかるがな、ジゼル嬢がとびきり美しいのは愛する男といるからだ。お前が入り込む隙はないぞ」

フェルディナンドがキッパリと、息子に勝ち目がないことを伝えた。その言い方はジゼルの体温をさらに上げるものだったが、彼の親心には感謝する。

ジゼルはシルヴィオの腕を軽く叩き、力を緩めてもらった。指先で乱れた唇をスッとなぞってから、足に力を入れて、胡乱な目をしているジュリオに向き合う。

「……お気持ち、ありがとうございます。でもごめんなさい、私はもうシルヴィオ様の妻になると決めたので、殿下の気持ちには応えられません。私はシルヴィオ様が好きだから、ずっと一緒にいたいの」

「ジゼル……！」

驚いたのはシルヴィオだ。はじめてジゼルの気持ちを聞いたと言いたげだ。

――そういえば私の気持ち、きちんと彼に言ってなかったかしら？

ジゼルも自分の気持ちをどこまで彼に伝えたのかわからなくなる。が、それならこれからたくさん伝えていけばいいと思い直した。

「でも、殿下の作品は今後も楽しみにしてます。絵を描く楽しさを忘れずに、これからも続けてほしいです」

「……ズルいよ、そんなこと言われたら、やめたくなくなるよ」

くしゃりと泣き笑いに似た顔で、ジュリオは呟いた。

それからすぐに二人はひっそりと王城に戻った。

ジゼルは唇が乱れた姿のまま広間に戻ることはできないので、早々に部屋に引き上げることとなった。

湯浴みを終え、サラも下がらせた後。ジゼルは水差しに入った水をグラスに注ぎ、ゆっくりと嚥下する。

寝台の端に座り、飲み終えたグラスをサイドテーブルに置くと、そのまま身体を横たわらせた。手近にあったふかふかな枕を抱き寄せる。

――今夜はシルヴィオ様はいらっしゃるかしら……。

シルヴィオは体調が回復した後も、二人の寝室には戻らなかった。理由はわからないが、しばらく別々の寝室でいいと言ったのだ。

それを知ったディーノや他の使用人が、ひっそりと胸をなでおろしたのをジゼルは知らない。ただひとりで広すぎる寝台を使うことに寂しさが募る。

今宵、遠方から来ている参加者は数名アザレア城に泊るようだ。レオンカヴァルロ公爵領が誇るこの城は王城には及ばないが、部屋は余りあるのだ。

主催者とはいえ、シルヴィオがずっと彼らの相手をしなければいけないこともないはずだ。隙を見て部屋に戻って来る。

——私のところに顔を見せに来てくれたら嬉しいわ。

身体は疲れを感じているのに、頭が冴えている。なかなか眠気が訪れないと思いながら身体を起こしたとき、寝室の扉が開いた。

「——っ！」

慌てて立ち上がると、静かに部屋に入って来たのは、シルヴィオだった。

「すまない、起こしてしまったか」

「……っ、いえ。なんだか目が冴えてしまって、眠れそうになかったんです」

彼の髪は湯浴みを終えたばかりなのだろう。少し湿っているようだった。

疲労感の中に艶っぽさも滲み出ていて、ジゼルの胸がドキドキしてくる。

——かっこいい……。

均整の取れた体軀も、眩い金髪がよく似合う端整な顔立ちも、立ち居振る舞いも話し方も。そしてなにより、彼の声がとても好きだ。

こちらを気遣うように伺ってくる表情も優しさに溢れていて……と、次から次にシルヴィオを称《たた》える褒め言葉が溢れてくる。

しかし己の気持ちを、真正面から伝えたことがあっただろうか。

——そうだわ。私、ジュリオにはシルヴィオ様とずっと一緒にいたいとか、いろいろ恥ずかしいこと言ってしまったけれど。当の本人には私の気持ちを伝えていなかったわ……。

だが、いざ言おうと思うと勇気がでない。

甘やかな空気になったときに自分の心を告げようと、及び腰になった。

そんな決意をひっそりと抱きつつ、シルヴィオに微笑みかけた。

「どうかされたんですか？　シルヴィオ様ももうお休みになるところですよね。なにかご用ですか？」

「ご用と言われればそうだな。私はジゼルに会いに来た」

「私に会いに……？」

ドキン、と心臓が跳ねた。先ほどまで会いに来てほしいと願っていたことが、実現されている。

目を伏せ、ジゼルは問いかける。

「……もう、別々の寝室は使わないということですか？」

「ああ……そうだ。私は慣れない我慢は止めることにした」

あっという間に距離を詰められ、ジゼルは目を瞬いた。

腕を伸ばしたら届きそうだ。冬用とはいえ身体の線がはっきりわかるネグリジェが少々心許《こころもと》なく感じて来る。

「シルヴィオ様……？」

ジゼルを見下ろす彼の眼差しには、隠しきれない情欲が灯っていた。

胸の鼓動が速まる。彼も自分と同じ気持ちなのだろうか。

「あのまま同じ寝室に寝ていたら、一線を越えてしまうとわかっていた。ジゼルは優しいから、私に流されてしまうことも。あの香水の件があった日に、ジゼルから私を求めるまで、同じ寝室で眠るのは止めようと思ったが……もう無理だ」

「――っ！」

ジゼルの意志を尊重したいと言っていた彼の言葉を思い出す。

ただ流されていただけではない。ジゼルとて、シルヴィオが与えてくれる熱を求めていたのだ。

こくり、と唾を飲み込んだ。劣情を称えた目を、まっすぐ見つめ返す。

――私は、触れられたいし、触れたい。

シルヴィオに触れたいという欲求も高まって来る。彼の熱を感じ、腕の逞しさや体温の心地よさを感じたいとも。

その気持ちが通じたのだろう。シルヴィオの瞳が揺れ、綺麗な眉がキュッと寄せられた。

「……そんな風に見上げられたら、私は我慢できない」

悩ましい吐息と共に告げられた瞬間、ジゼルの身体はシルヴィオにきつく抱きしめられていた。

「……あっ」

彼の体温が伝わって来る。一瞬で体温が上昇した。

求められていることが嬉しくて、両腕をシルヴィオの背中に回す。彼の背中が微かに震えたのを感じた。

「私も、シルヴィオ様にたくさん抱きしめてもらいたいです」

「……そんな迂闊なことを言われたら、私は止まらない」

鼓膜をくすぐる彼の声に、ジゼルの身体が反応する。体温は上昇し、すべての意識がシルヴィオに集まる。心拍数が服越しに伝わりそうなほど激しく鼓動し、お腹の内側もじわりと疼きだした。

もうすっかり慣れた感覚だ。ジゼルの身体は、シルヴィオによって快楽を引きずり出され、欲情することを覚えている。

彼の低くて滑らかな声は、ジゼルの脳髄まで浸透しぐずぐずに溶かしていく。もっと深いところで彼を感じたいと、本能が訴えていた。

「シルヴィオ様……、私、シルヴィオ様が好きです」

「っ！」

「本当はもっと前から、気づいたらシルヴィオ様に恋をしているようです。別々の部屋になったときは、寂しくて、いつ戻ってくるんだろうって思ってました。私にもう飽きてしまったのかと」

「そんなことあるわけがない」

ギュッときつく抱きしめられる。彼の言葉に嘘が感じられないことが、幸せで嬉しい。

「それでは、私にたくさん触れてくれますか？　もうひとりで眠るのは、寂しくて嫌……」

最後の言葉が言い終わらないうちに、シルヴィオが荒々しくジゼルの唇を塞いだ。

「ン……ッ」

先ほどジュリオの前でされたのとは少し違う。もっと気持ちをぶつけるような、情熱的なキスだ。

「ジゼル……」

キスの合間に名前を呼ばれ、子宮がきつく収縮した。一瞬で逆上《のぼ》せたように身体が火照る。

――シルヴィオ様に呼ばれると、私の名前が特別に感じる……。

貪《むさぼ》り食らうように唇が合わさる。互いの熱を与え、奪い合うように隙間もないほどしっかりと。

淫靡な水音が室内に響く。それすら互いの欲を高めるスパイスだ。

思考が完全に蕩けてしまう。余裕がないほど昂る気持ちが止められない。

全身で求められていることに、心が歓喜でいっぱいだ。

今までは受け止めることしかできなかったが、ジゼルもおずおずと自分からシルヴィオの舌を絡ませた。彼の口内に侵入し、唾液を混ぜ合わせるように舌を動かしていく。

つたなくても、気持ちが伝わればいい。きちんとジゼル自身も、シルヴィオを求めているのだと。

「……はぁ、ン……ッ」

背中に回った手が腰のあたりを撫でてくる。何気ない動きも、ジゼルの高まった神経は過敏に反応してしまい、触れられる箇所すべてに意識が集中する。

――ああ、ダメ……、くらくらしちゃう……。足で立てなくなる。

支えられていなかったら、その場に座り込んでしまっていた。シルヴィオがぶつけてくる感情のすべてを飲みきることができない。受け止めるだけで精一杯だ。

どちらともわからない唾液をコクリと飲み込んでも、飲みきれなかったものが口の端から落ちて顎を伝う。ゆっくりと繋がりが解かれる。

口で呼吸をしながら、ジゼルはとろりと蕩けた眼差しをシルヴィオに向けた。

凄絶な色香を放っている。捕食者の目をした彼が、じっと自分を見下ろしてくる。その隠しきれない欲望に、ジゼルのお腹がふたたび震えた。

切なさを訴えてくる身体はとても正直だ。この人の愛が欲しいのだと、心と身体が強く求めてくる。

「……こんなに愛らしい姿を見せられて、初夜まで待つのは無理だ。私は今すぐジゼルを抱きたい」

婚姻式まで一ヶ月残っている。当初は正式に婚姻するまでは一線を越えないと言っていたが、もはや気持ちが止められない。

シルヴィオはジゼルに視線を合わせ、懇願した。言葉で求められた方が、なし崩し的に抱かれるより、誠実さを感じられる。真摯な姿勢が好ましい。

——約束を反故《ほご》にしてもいいかって訊いてくれるなんて、本当に優しいわ。

ジゼルは背伸びをして、自分からシルヴィオの唇に自分のものを重ねた。少しの羞恥心を感じながら、ジゼルは答える。

「私も、今すぐシルヴィオ様が欲しいです……。私を、抱いてくれますか？」

「——っ、ありがとう」

感極まったように抱きしめられた直後、ジゼルの身体は宙に浮いた。すぐに寝台にそっと寝かされる。

頭や額、目元にキスを落とされた。柔らかな感触が顔に触れると、くすぐったいようなもどかしい気持ちになる。

——でも顔にキスをされるのって、とっても優しい気持ちになるわ……。

キスは唇だけにするものではない。親から子へするような、親愛にも似た感情も湧き上がって来る。情熱的で奪い合うような激しい情交より、こうして緊張をほぐしてくれるシルヴィオはやはり優しい。

「……ここしばらくあなたに触れていなかったから、箍《たが》が外れるかもしれない」

覆いかぶさりながら宣告されて、ジゼルは目をぱちくりと瞬いた。

――いつも余裕の表情で私に愛撫をしていたのに？

その余裕を失くし、夢中で求められたら――。ぞくりとした期待が身体の内側から生まれた。

「大丈夫です、シルヴィオ様の好きにしてください……」

「……ジゼル、そんな言葉は他の男には決して言ってはいけない。いいね？」

シルヴィオ以外に言うわけがないのに、彼が真剣な顔で諭してくるからジゼルは大人しく頷いた。

性急な動きでシルヴィオは己の上半身の服を脱いだ。

窓から入る月明りに照らされたシルヴィオの裸体は、有名な彫刻家に作られたかのように美しい。ほう……と感嘆の吐息が漏れる。

だがそう思っていたのはジゼルだけではなかった。

シルヴィオは食い入るように、下着姿にさせたジゼルをじっと見下ろす。その視線の熱さに、ジゼルは身動きを取ることもできず、呼吸もままならない。

「黒い艶やかな髪も、透き通ったエメラルドの瞳も、頬の輪郭も鎖骨のくぼみも愛らしい。丸みを帯びた双丘は弾力があり、赤く色づく蕾が男を誘う。ジゼルのすべてが私を惑わしてくる……」

豊満ではないけれど、女性らしく膨らんだ胸にシルヴィオが触れる。

強弱をつけた触り方は官能を引き出すようでいて、感度も確かめているようだ。

自分で触れるだけならなんとも感じないのに、シルヴィオに触られていると思うだけで呼吸が荒くなってくる。次第に胸の中心部がぷっくりと存在を主張してきた。

「可愛い実が私に食べてと言っているようだ」

「あ、ああん……！」

乳輪を指先でくるりとなぞられた後、胸の頂を口に含まれた。舌先でくりくりと弄られる。時折強く吸われては甘噛みされて、ジゼルの腰はびくびくと跳ねた。

「アァ……ン……ッ」

反対の胸は指先でキュッと摘ままれる。痛くない程度の力加減が絶妙で、先ほどから背筋にびりびりとした電流がジゼルを苛んだ。

キスをされ、たっぷりシルヴィオの声を聴き、性感帯である胸を弄られれば身体の中心部から愛液が溢れてしまう。

感じるままに受け止めていたら大変なことになるのに、初心な少女には刺激が強くて抵抗できない。快楽に素直な身体は、正直に反応してしまう。

「こんなに淫らな実になった。赤く熟れてて、ぷっくりしてて。反対側の胸も可愛がってあげよう」

「ああ……っ！」

両方の胸がシルヴィオの唾液に塗れてテカテカと光っている。なんて淫靡な光景だろうと、ジゼルは顔を赤くした。

「とても美しいよ、ジゼル。あなたがジュリオを選んだらどうしようかと一瞬でも思ってしまったが、私の傍にいたいと言ってくれて嬉しかった。ずっと大切にすると約束する。だからこのまま私の妻になって」

「シルヴィオ様……」

歓喜で胸が詰まる。こんな風に愛し、求めてくれる人を、離すことなどできやしない。

「私は、シルヴィオ様が好きなんです。シルヴィオ様の隣にいたいんです……」

「ようやくあなたの心が手に入った……。ありがとう、ジゼル」

シルヴィオはさらに笑みを深めて、ジゼルの首筋にキスを落とした。

チュ、チュッ、とキスの音がする。

胸元に唇を寄せられて、チリッとした痛みが走った。

「ン……」

「ジゼルの肌に何度も私の証をつけたくなる。これが消えたら、また新しい花を咲かせよう」

指先で鬱血痕を撫でられる。ジゼルの薄い肌は簡単に痕がついた。

瑞々しく指先に吸い付くような肌を褒められる。どこを触っても心地がいいと言われても、一体どういう反応をしたらいいのかわからない。無難に礼を言い、ジゼルはもぞりと太ももを擦り合わせた。

――ダメ、もう無視できない……。

執拗なまでの愛撫がジゼルをぐずぐずに溶かしていた。下着が秘所にぴったりとくっついている。

薄い布地の下着は水分を含んですっかり重くなっているだろう。

シルヴィオの嗅覚なら、ジゼルの匂いを確実に嗅ぎ取っている。その証拠に、シルヴィオはジゼルをよりうっとりと見下ろしていた。二人の周辺に漂う香りを吸い取っているかのよう。

「ジゼルのかぐわしい匂いが濃くなった」

「え……、きゃあ！」

膝を立たされ開かされる。しっかり濡れている薄い布地を目にし、シルヴィオは愉悦を含んだ笑みを見せた。なんの躊躇もなく、ジゼルの下着に唇を寄せる。

「あ……、ぁあ……っ！」

鼻先がジゼルの敏感な花芽をグリッと押した。びしょびしょに濡れている箇所に、シルヴィオが食らいつく。

じゅるじゅると啜るような音が響く。とんでもない行為なのに、快感が強くて拒絶できない。

――吸っちゃダメ……なのに、どうしよう……もっとって思っちゃう……。

快楽が刺激される。内側に溜まった熱が外に解放されたがっている。

布越しに吸い付かれながら、時折舌先でぐりぐりとジゼルの狭い蜜口を刺激される。布が浅く入り込む感覚にすら、腰がビクンと跳ねてしまいそう。

「アア……、やぁ……ンンッ」

「どんどん溢れてくる。洪水だね。ジゼルの身体はなんて素直でいやらしい。もうこの布では下着は役目を果たしていない。邪魔な布化したそれを、シルヴィオがあっさりジゼルの脚から抜き取ってしまった。

直接秘所を晒していることに、頭のどこかで羞恥を感じるが、それよりも己の欲望が勝る。早く、もっと触れてほしいと。

「ああ、本当にジゼルはいい匂いだ……私の理性を焼き切ってしまう」

「ンアア……っ！」

直接秘所を舐められて、その快感の強さにジゼルの口から一際大きな喘ぎが漏れた。

ざらざらした舌に舐められるのが気持ちいい。

「アア……、そんな強くすっちゃ、ダメ……」

先ほどよりも大きな水音が響く。

花芽にまできつく吸い付かれ、軽く歯が当てられた。ジゼルの背中が大きく弓反りになり、視界がパンッと弾ける。

「ああ——……ッ」

こぽりと蜜がさらに溢れ出た。軽く達したジゼルの身体は、浅い呼吸を繰り返す。

「うまく達せたようだ」

身体を動かすのが億劫《おっくう》だ。視線をシルヴィオに合わせると、彼は親指で口周りについた愛液を拭ったところだった。

その煽情的な仕草に、ジゼルは思わず呼吸を止めた。

——色香に飲まれて窒息しそう……！

恥ずかしさと期待が混ざり合う。恥ずかしいのに目を逸らせない。

彼の目に映るのが自分だけだと思うと、独占欲に似た満足感がジゼルの心に広がった。

「中も蕩けてきた。これなら指も入るだろう」

シルヴィオの人差し指が挿入される。難なく一本目が入り、痛みも感じない。

くちくちとしたいやらしい音を奏でながら、二本目も入った。

「ン……」

「痛い？」

「ううん……大丈夫……」

少しだけ異物感を感じるが、痛むほどではない。

身体は異物を拒んでいるのか、もっと奥へと誘っているのか、自分ではわからない。だがシルヴィオが蕩けた笑みを見せながら、「私を捕まえて離さない」と言うので、身体は奥へ誘い込んでいるらしい。

三本目の指が挿入された。膣壁を擦り、パラパラと動く。敏感な箇所を刺激され、ジゼルは一際甲高い声で啼いた。

「アァ……！」

「そうか、ここが気持ちいいんだね……」

シルヴィオの声でそう言われれば、ますます気持ちいいとしか思えなくなる。

ジゼルは何度も首肯し、涙目でシルヴィオに縋った。

「シルヴィオさまぁ……、お腹の奥がきゅうってします……」

泉から愛液が絶え間なく零れてくる。貪欲な身体は切なさを訴え、その空洞を早く満たしてほしいと告げて来る。

指だけでは物足りない。もっと質量のあるもので貫いてほしい。

シルヴィオの目に浮かぶ情欲が濃くなった。アメジストの虹彩《こうさい》が妖しく潤んでいる。

ゆっくりと上体を起こし、彼は熱っぽい息を吐いた。額に僅かな汗が浮かんでいる。

「ジゼルが私を求めてくれて嬉しいが、まだダメだ。もう少しならさないと、あなたが辛い」

膝立ちしたシルヴィオの屹立こそ、先端から透明な雫が垂れていて辛そうだ。

臍につきそうなほど雄々しく隆起しているものが、まだかと限界を訴えている。

だがシルヴィオは自分の快楽より、ジゼルを優先させたいらしい。

ジゼルの下腹にそっと手を乗せ、そこをぐるりと円を描くように撫でた。

「く、……ふぅん……っ」

「そう、ここをもっと意識して。私が欲しくてたまらないと強く願うほどに」

男性的で大きな掌がジゼルの腹に触れる。

今まで意識してこなかった臓器を感じ、ジゼルは自分が女であることを強く認識した。

「もう、はやく……」

感じすぎて辛い。生理的な涙を浮かべながら懇願すると、シルヴィオの指がちゅぽんっと蜜口から抜けた。

一瞬の喪失感の後、すぐに熱くて太いものが宛《あて》がわれる。

「ジゼル、辛かったら我慢せずに教えて」

そう前置きを言いながら、シルヴィオは腰を押し進めた。

「ンン――……ッ」

「はぁ……、力を抜くんだ」

ジゼルは力なく首を振った。力の抜き方なんてわからない。

我慢できないほどの痛みではないが、シルヴィオの立派な雄は、処女には酷だった。一番太い部分が入っただけで、ジゼルの額に汗が浮かぶ。

「ハア……入った？」

「いや、まだ先だけだ」

——ウソでしょう？

シルヴィオは苦笑して、ジゼルの汗を指先で拭った。

なんとか入ったと思ったらまだ先っぽだけなんて。あとどれくらい残っているのか確認したい気もするが、怖気《おじけ》づいてしまう気がしてやめておいた。

「無理はしない、少しずつ動くから」

我慢させて、苦しい想いをしているのはシルヴィオの方だ。

優しい彼はひたすらジゼルを思いやり、辛くないようにと気遣ってくれる。

ゆっくりと侵入し、ジゼルの隘路をミシミシと押し開いていった。

「あ、あぁ……っ」

一番太いところが入ったからだろうか。苦しさはあるけれど、覚悟していたより痛みは少ない。きっとシルヴィオが時間をかけて丁寧にほぐしてくれたからだ。

半分ほど入ったところで、シルヴィオはふたたびジゼルに声をかけた。

「大丈夫？」

「……はい、つづけて？」

「ッ！　……はあ、あなたは本当に……」

苦し気にシルヴィオが吐き出した直後、彼も我慢の限界とばかりに一気に最奥まで貫いた。

「―――ッ！」

あまりの衝撃に声が出ない。

数拍後、呼吸を整えたシルヴィオが、ふたたび大丈夫かと尋ねてくる。

内臓を押し上げる圧迫感とジンジンとした鈍い痛みがあるが、それもしばらくすれば落ち着くだろう。ジゼルはゆっくりと首肯し、シルヴィオへ両腕を伸ばした。

「ギュッと、して……」

「……っ！　ああ、もちろんだ」

互いに汗ばんだ肌が合わさる。そのまま唇も合わされば、二人のすべてに繋がりが生まれた。

全身がシルヴィオで埋まり、満たされる。得も言われぬ幸福感に浸った。

これでジゼルの純潔はシルヴィオに捧《ささ》げたことになる。彼以外と添い遂げることはないだろう。ぽろりと零れた雫は嬉し涙だ。身体だけではなく、心の奥まで満たされていく。

挿入して終わりだと思っていたが、シルヴィオが困り顔でジゼルの腕を解いた。

「ごめん、ジゼル。ずっと抱きしめ続けたいのは山々だが、私もそろそろ限界だ」

「……！　そ、そうよね、ごめんなさい……私、もう終わりかと」

「さすがにそれは生殺しだな……」

いつの間にかジゼルの口調が砕けたものに変わった。今まではシルヴィオに楽に喋っていいと望まれていたが、立場は弁《わきま》えねばと思っていたのだ。それが自然と、家族と話すような気持ちでシルヴィオと話せる。心と身体が通じたことで、自分の中にも変化が生まれたのかもしれない。

「ごめんなさい、あの、続けて？」

「本当に、あなたが可愛すぎて困る」

許しを得て、シルヴィオが獰猛な獣に変わった。よほど我慢を強いていたのだろうと思えるほどに。

「あ、ああ、ンアア……ッ」

「ジゼル……」

肉を打つ音が室内に響く。ぐちゅぐちゅと水音まで下肢から響き、一度落ち着いたと思っていたジゼルの官能がふたたび高められた。

浅く深く、シルヴィオの太くて長い男性器で突かれると、なにも考えられなくなりそうだ。

痛みや苦しさより、ただただ気持ちがいい。快楽を享受し、彼の甘い責め苦にジゼルは啼いた。

「ああ、ここがあなたの大事な場所の入り口だ」

「ふわあぁ……」

コツン、と最奥をつつかれる。同時に、シルヴィオがジゼルの下腹に手を添えた。

「私のを飲み込んで、ほら、感じる？　あなたの中に私がいる」

シルヴィオの手が触れていた下腹に、ジゼルの手も触れさせられた。彼女の小さな手の上に、彼が己の手を重ねる。

「あ……、私の中にシルヴィオ様が……」

「そうだ。ここは私しか入れない。私だけの場所だよ」

手の触り方も発言も変態臭いのに、すっかりシルヴィオに慣らされてしまったジゼルはなにも疑問を持たず、素直に頷いた。

満足気に微笑み、凄絶な色香を振りまきながら、シルヴィオがジゼルの身体を蹂躙する。

「……たとえ今実が結ばれても、私たちの婚姻は来月だから多少の誤差は問題ない」

朦朧《もうろう》とする意識の中、シルヴィオに告げられて理解できた言葉は、問題ないという一言のみ。

「アア、も、……アアァ――……ッ！」

何度も快楽を与えられ続け、ジゼルはシルヴィオが精を吐き出したと同時に達した。

身体から力が抜け、重力に抗えなくなる。

このまま解放してくれるのかと思いきや、シルヴィオの杭は萎えた様子がない。

――え、あれ？　なんで……!?

困ったような苦笑が落ちてきた。美貌の公爵が微笑む姿が妖艶で、ジゼルの心臓が止ま

りかける。

「ずっと待ち望んでいたから、まだまだ満足できないようだ」

「え――っ！」

グイッと身体が起こされ、シルヴィオの膝の上に乗せられた。

「ひゃああ！」

まだ中に埋まったままのシルヴィオの雄が、深く最奥を抉《えぐ》る。ジゼルの瞼裏に火花が散った。

「やぁ、ふか……い」

「この体勢だと、もっと抱き着ける」

ギュッと正面から抱きしめられながら、身体をゆるゆると揺さぶられた。ジゼルの愛液と、シルヴィオが放った白濁が、結合部から卑猥な音を響かせる。

「あ、ああ、……ンアア」

腰をグッと抱き寄せられ、顎に指をかけられた。上を向いた瞬間、シルヴィオに唇を奪われる。

上も下もシルヴィオで一杯だ。すべてが彼で満たされていく。

――ダメ、もうなにも考えられない……。

腰を持ち上げられ、最奥を突かれる。そのたびに膣内は収縮を繰り返し、シルヴィオの雄をさらに奥へ誘おうと貪欲に蠢《うごめ》いてしまう。

「……っ、ジゼル、そんなに締め付けたら持って行かれる……」

「そんな、しらな……ンッ」

互いの身体から汗が滴《したた》り落ちる。様々な体液が混ざり合い、より深い結合を無意識に求めていた。

「あぁ、やぁ、ふか……アァァ」

「ジゼル……」

優しく激しく、交互に刺激され、ジゼルは二度目の絶頂を迎える。

白い世界へ放り投げられると同時に、シルヴィオがふたたびジゼルの中で果てた。

「クッ……」

──ああ、あつい……。

とぷんとぷんと、ジゼルの子宮に精が注ぎこまれる。

じんわりと中に広がるものを感じながら、ジゼルは意識を落としていく。

疲れ切って眠ってしまったジゼルをギュッと抱きしめながら、シルヴィオはひとりその余韻に浸っていた。

「……まだ当分は、二人きりの甘い時間を過ごしたいが……。もしできていたら、それはとても喜ばしい」

名残惜しい気持ちになりながら、シルヴィオはジゼルから離れた。萎えてしまった屹立は、すぐに欲望を復活しようとする。

ジゼルの身体を一度知ってしまえば、溺れそうになりそうだ。そんな自分を律し、シルヴィオは濡れたタオルでジゼルの身体を清めた。

「おやすみ、ジゼル。よい夢を」

自身の身体も手早く清め、シルヴィオはジゼルの存在を確かめながら、幸せな眠りについた。

エピローグ

温暖なルランターナ国に、その日は数年ぶりに雪がちらついた。

空から舞い落ちる風花がくるくると踊り、まるで天に祝福されているかのよう。

レオンカヴァルロ公爵とベルモンド伯爵家の令嬢の婚姻式は、幻想的な空気の中つつがなく執り行われた。

「ああ、雪の妖精のように美しい。ジゼルの黒い髪に白いドレスはよく映える」

「ありがとう、シルヴィオ様。婚姻式が冬だから、もし雪が降ったらきっとドレスが綺麗に映るだろうなって思っていたの」

婚姻のドレスに伝統はなく、他国に比べてルランターナの貴族は自由に色も形も選べ、一度きりの晴れ舞台を楽しんでいる。

「ジゼルお嬢様、お美しいです……」

式が始まる前からすでに涙ぐんでいるサラに、ジゼルは微笑みかけた。

「今日のために髪も化粧もすべてサラに手伝ってもらえてよかった。これからもよろしくね、サラ」

「っ！　もちろんです、ずっとお嬢様……いえ、奥様を支えますわ！」

「ええ、私も誠心誠意を込めて奥様に仕えますので、用がありましたらいつでもお申し付けください」

ディーノがぴったりとサラの隣に佇んだ。まるで恋人同士の距離感だ。

サラが小さく「ひっ」と驚きの声を上げているのが気になったが、嫌がっているわけではなさそうなので気づかなかったふりをする。ディーノの楽し気な表情を見て、もしかしたらそのうち嬉しい報告が聞けるかもしれないと予測した。

厳かな大聖堂には大勢の参列者が集まった。

つい半年前は、何故自分がレオンカヴァルロ公爵の隣に立っているのか、どこか現実味を感じられないまま婚約式を行っていたが、今は違う。

──私が望んで、シルヴィオ様の隣を歩くのだわ。

優しくて、煌びやかな美貌が眩しくて、なのに少し変態なのが彼に人間味を与えているのだが、ジゼルはシルヴィオの考え方や寛容なところも、すべてが好きだ。

そしてなにより彼の美声も──。

「……ジゼル、今宵の初夜が楽しみだね」

「──っ！」

大勢が注目する前で、小さく耳元で吹き込まれたのは、なんとも神聖な空気とは似つかわしくないものだ。ジゼルがシルヴィオの声に弱いというのを知ったうえで仕掛けてくるのだから、ジゼルもたまったものではない。

――隙あれば腰砕けにしようとしてくる旦那様なんて、もう、もう……！

困ったものだと思っても、好きなのだからイヤじゃない。

意趣返しのために、誓いのキスで腰をかがめてきたシルヴィオの首に腕を回し、ジゼルは自分から彼の唇に口づけた。

どよめいた声が参列席から湧いたが、すぐに拍手が鳴り響く。

虚《きょ》を突かれたレオンカヴァルロ公爵の姿をはじめて見られたと、その後は大いに盛り上がりを見せた。

「……まったく、ジゼルは私をどれだけ夢中にさせるんだ」

シルヴィオはすぐに立ち直り、ジゼルの顎をすくって二度目のキスをした。

婚姻式の思い出が酸欠になりそうだったなんて、恥ずかしすぎて誰にも言えそうにない。

だがこれからも素敵な旦那様に振り回される日々に、ジゼルは期待を膨らませた。

あとがき

一年ちょっとぶりに、ヴァニラ文庫様より二冊目の本を刊行していただきました。「王弟殿下の甘い執愛～恋の匂いに発情中♥～」、いかがでしたでしょうか。

前作は、ヒロインのパンツをどこかに隠していた王太子がヒーローでした。次はどんな変態にしようかと考え、選んだのが匂いフェチです。動物も人間も、フェロモンは体臭に混じっていると思うので、ある意味ヒーローはとても動物的なんだと思います。

今作のタイトルは仮で考えていたものが採用されました。ヒーローはヒロインの香りを存分にスーハーーして発情してしまうのですが、こうして文字にしたときの破壊力がヤバイです。しかもあとがき半分、いかに変態かしか語っていない……。

お気づきかと思いますが、国のモデルはイタリアです。でもあくまでイタリア風の、架空の世界が舞台です。芸術家たちの名前を考えるのが楽しかったです。

イラストを担当してくださった白崎小夜《しろさきさや》先生、美麗な表紙と挿絵をありがとうございました。ジゼルがすごい美人さん！　変態が美形！　許す‼　と叫んでおりました。

担当編集者のH様、今回も大変お世話になりありがとうございました。とても自由に書かせていただけて感謝です。

そして最後に、読者の皆様。少しでも楽しんでいただけたら嬉しいです。

王弟殿下の甘い執愛
～恋の匂いに発情中～

Vanilla《ヴァニラ》文庫

2019年8月5日　第1刷発行　定価はカバーに表示してあります

著　者　月城うさぎ　©USAGI TSUKISHIRO 2019
装　画　白崎小夜
発行人　フランク・フォーリー
発行所　株式会社ハーパーコリンズ・ジャパン
東京都千代田区外神田3-16-8
電話　03-5295-8091（営業）
0570-008091（読者サービス係）
印刷・製本　中央精版印刷株式会社

Printed in Japan ©K.K. HarperCollins Japan 2019 ISBN978-4-596-58813-5

原稿大募集

ヴァニラ文庫では乙女のための官能ロマンス小説を募集しております。
優秀な作品は当社より文庫として刊行いたします。
また、将来性のある方には編集者が担当につき、個別に指導いたします。

◆募集作品

男女の性描写のあるオリジナルロマンス小説（二次創作は不可）。
商業未発表であれば、同人誌・Web 上で発表済みの作品でも応募可能です。

◆応募資格

年齢性別プロアマ問いません。

◆応募要項

・パソコンもしくはワープロ機器を使用した原稿に限ります。
・原稿は A4 判の用紙を横にして、縦書きで 40 字 ×34 行で 110 枚 ~130 枚。
・用紙の 1 枚目に以下の項目を記入してください。
①作品名（ふりがな）/②作家名（ふりがな）/③本名（ふりがな）/
④年齢職業 /⑤連絡先（郵便番号・住所・電話番号）/⑥メールアドレス /
⑦略歴（他紙応募歴等）/⑧サイト URL（なければ省略）
・用紙の 2 枚目に 800 字程度のあらすじを付けてください。
・プリントアウトした作品原稿には必ず通し番号を入れ、右上をクリップなどで綴じてください。

注意事項

・お送りいただいた原稿は返却いたしません。あらかじめご了承ください。
・応募方法は必ず印刷されたものをお送りください。CD-R などのデータのみの応募はお断りいたします。
・採用された方のみ担当者よりご連絡いたします。選考経過・審査結果についてのお問い合わせには応じられませんのでご了承ください。

◆応募先

〒101-0021　東京都千代田区外神田 3-16-8　秋葉原三和東洋ビル
株式会社ハーパーコリンズ・ジャパン　「ヴァニラ文庫作品募集」係